Haffmans' Helfende Hand-Bibliothek

ECKHARD HENSCHEID

Wir standen an offenen Gräbern

120 Nachrufe

Haffmans Verlag

Sämtliche Irregularitäten im Text –
Grammatikfehler, Interpunktion, absichtliche
Druckfehler – stehen im Dienste
der beschriebenen Materie.

Für F. W. Bernstein

Umschlagzeichnung von
F. W. Bernstein

1.–6. Tausend, Frühling 1988

Satz: Benziger, Einsiedeln
Herstellung: Mühlberger, Augsburg
ISBN 3 251 00120 5

•

Im 66. Lebensjahre verstarb der frühere Maschinist Herr Johann Schuster. Er wurde in einem langen Trauerzuge, dem sich auch ehemalige Kollegen von der Firma Bauerschmid angeschlossen hatten, zu Grabe geleitet. Die kirchliche Einsegnung verbunden mit herzlichem Beileid und gutem Trost für die Angehörigen hielt Stadtpfarrer Herbert Durst von Gangolf. Im Namen der guten Kollegen wurde Johann Schuster ein Kranz zuteil.

☧

Im Unteren Friedhof wurde die aus Gotteszell stammende verstorbene Installationsmeisterswitwe Frau Therese Flierl im 83. Lebensjahr in einem von der Fahne des christlichen Müttervereins St. Anton eröffneten sehr langen Trauerzuge zu Grabe getragen von Kooperator Ewald Felkl festlich eingesegnet. In seiner Traueransprache legte Felkl Wert auf den Trost aus den Worten der Liturgie: »Gelobt sei der Herr, unser Gott, der uns Erlösung gebracht!«

☧

Im Waldfriedhof bei Dünklingen fand unlängst die aus Mecklenburg gebürtige, vor ihrer Vertreibung aus der schlesischen Heimat in Gleiwitz ansässig gewesene Kirchenmalerswitwe Frau Lucie Hengstbauer, geborene Petermann, ihre letzte Ruhestätte. Die kirchliche Einsegnung der 87jährigen verrichtete Pfarrer Mötschl. In der Aussegnungshalle gedachte Pfarrer Mötschl der Entschlafenen, die im Leben als eine ganz ausgezeichnete evangelische Christin bekannt gewesen war. Seiner Traueransprache unterlegte P. Mötschl das Psalmwort, das Lucie Hengstbauer so sehr geschätzt hatte: »Und ob ich schon wanderte im finstern Tal, fürchte ich kein Unglück; denn du bist bei mir, dein Stecken und Stab trösten mich« (23,4). Ein unverwüstlicher Glaube hatte Frau Hengstbauer die Kraft gegeben, all das Schwere, das über sie gekommen ist, unerschüttert zu ertragen. So hatte sie (nach 40jähriger Ehe) den Gatten, sieben Söhne und zuletzt auch noch die

Heimat eingebüßt. Im Namen der Landsmannschaft Schlesien, Sektion Dünklingen, wurde der Verstorbenen ein Kranz beigelegt.

☧

Eine unübersichtlich große Trauermenge folgte neulich im katholischen Friedhof dem Sarge, der Manfred Mühleisen barg, den im Alter von 23 Jahren verstorbenen Konditor, dem bei einem tragischen Unglücksfall auch seine Verlobte Karin zum Opfer gefallen war, die allerdings in Weizentrudingen bestattet wird. Er wurde im Friedhof zu Grabe geleitet von Pfarrer H. Durst. Durst stellte in diesem Zusammenhang die Frage, warum dieses geschehen mußte, in den Mittelpunkt seiner Traueransprache und verwies dabei auf den kreuztragenden Herrn, der sich zur Erlösung geopfert hat. Auch der Tod des Mühleisen sei Vorsehung. Die Anteilnahme des Geistlichen galt nun den Hinterbliebenen, die um einen guten Sohn trauern. Für sie fand er Trostworte und ein Fürbittgebet.

☧

Unerwartet schnell verstarb der aus Dünklingen stammende, vor einigen Jahren noch am Kirchplatz wohnende Textilkaufmann Herr Franz Nieslbeck. Im Gottesacker der Pfarreigemeinde Weizentrudingen fand er, eingesegnet aus der Hand von Pfarrer Wolfram Kammerer und Abschied nehmend von einer beachtlichen Trauergemeinde, unter der auch seine, Nieslbecks, Kameraden vom Stammtisch der Vettern und vom »Roten Hahn« beträchtlich vertreten waren, seine letzte hiesige Ruhestätte. Pfarrer Kammerer gedachte eindrucksvoll des Mannes, der ein stetig guter treu besorgter Familienvater gewesen ist, und drückte den Hinterbliebenen seine Anteilnahme aus. Unter den vielen Kränzen, die das offene Grab umsäumten, war auch einer von den Vettern, bei denen er sich stets wohl gefühlt hat.

☧

Aus Obersauheim stammte der katholische Rentner und Federviehzüchter Herr Karl Hopp. Er verstarb mit 76 Jahren und wurde auf dem unteren katholischen Gottesacker im Friedhof zu Grabe gesetzt. Den kirchlichen Teil übernahm Pfarrer Mötschl, kurz nachdem er von seiner Krankheit jetzt genesen ist. Mötschl nahm das Gebet, den Segen, sowie Beileids- und Trostesworte für die Hinterbliebenen und den Stammtisch »Irlbacher« vor. Erwähnung fand Joh. 16–21: »Ich will den Vater bitten, und er soll Euch einen andren Tröster geben, daß er bei Euch bleibe ewiglich.« Hopp hatte ein gutes und dankbares Leben geführt. Er war immer mit allem zufrieden.

☧

Im Alter von 67 Jahren wurde die aus Venedig stammende, seit 1943 verwitwete Frau Fanny Schanderl, geborene Schreiner, vom Herrn gemäß unermeßlichem Ratschluß in die Ewigkeit abberufen. Im oberen Katholischen Friedhof fand sie ihre Ruhestätte. Kooperator Felkl gedachte der Schanderl, die eine gute, immer beliebte Christin gewesen ist und entbot den Hinterbliebenen seine Anteilnahme zum Verlust der Mutter und Urgroßmutter. Im Namen des VdK und von Herrn

Giesiebl wurde Fanny Schanderl je ein Kranz zuteil.

☧

Unerwartet schnell, aber gut vorbereitet durch ein gutes Leben, verstarb der Schneider Herr Georg Schneider. Jetzt wurde er eingesegnet durch Kaplan Mötschl von Herz Jesu und verabschiedet von einer Trauergemeinde, seine ewige Ruhe. Schneider war zwar schon zu der Zeit seines Todes 83 Jahre alt, und dennoch überrascht die Schnelligkeit seines Heimgangs. Die Trostworte des Geistlichen galten den Hinterbliebenen, die mit Schneider viel verloren haben. Auch alte Kameraden aus Linz und St. Pölten standen am offenen Grabe.

☧

Im Friedhof von Ziegetsdorf gab eine Trauergemeinde dem aus Mädgenheim gebürtigen, im Gnadenalter von 84 Jahren verstorbenen Bundesbahngehilfen i. R. Herrn Josef Dotz das Geleite zum Grabe. Stadtpfarrer Wegener von Ziegetsdorf (vorher: Paulaner) hielt die Einsegnung dieses Mannes, der seiner vor 16 Jahren verstorbenen Gattin nachgefolgt ist. Der Geistliche charakterisierte Dotz als gerechten Manne, um den nun sechs Töchter trauern. Mit der Gattin waren dem Vater seinerzeit auch schon zwei Söhne in die Ewigkeit vorausgeeilt. Wegener konnte deshalb am Grabe mit Recht die Worte des greisen Simeon sprechen: »Nun lässest du Herr deinen Diener scheiden, denn meine Augen haben das Heil geseh'n«. Der Kirchenchor sang unter der Leitung von Alois Sägerer »Die Stund' ist uns verborgen.«

☧

Im hiesigen Friedhof gab eine große Trauergemeinde der aus Fürth/Bayern stammenden und hier ansässig gewesenen Handschuhmeistersgattin bzw. Witwe Frau Maria König das Geleit vom offenen Grabe. In der Aussegnungshalle gedachte Pfarrer Durst der Entschlafenen. In seiner Traueransprache baute Durst auf Schriftworte des Apostels Jakobus auf, die ihm immer am liebsten gewesen seien:

»Selig sind, die erduldet haben . . .«! Maria König hatte, bevor sie mit 98 verschieden war, schwer zu leiden gehabt. Die Trostworte des Pfarrers galten mithin dem 79jährigen Sohn, mit dem Maria Glenz seit ihrer Witwenschaft wie früher zusammengewohnt hatte.

☧

Im 84. Lebensjahr wurde die aus Dünklingen gebürtige Frau Zorn vom Herrn über Leben u. Tod in die ewige Heimat heimgeleitet. Sie wurde im Oberen Friedhof durch Kaplan Springinsfelder von St. Josef eingesegnet. Kirchenchormitglieder unter Direktion von Chorregent Sägerer sangen ein stilles Grablied. Kränze wurden am Grabe niedergelegt. Ein stiller Tag. Im Namen der Bahn war Herr Giesiebl als Delegierter gekommen.

☧

Im oberen katholischen Friedhof fand nach langer Krankheit, obwohl ihn die Ärzte schon lange aufgegeben hatten und nun doch heimgegangenen Herrn Alfons Grabowski, ein Mann von erst 57 Jahren, seine Ruhe. Die kirchliche Einsegnung im Rahmen eines Fürbittgebets für alle, die nach Grabowski folgen werden, erstattete Kooperator Felkl von St. Gangolf. Von einer Traueransprache wurde aus bestimmten Gründen abgesehen.

☧

Eine ansehnliche Gemeinde folgte im oberen Friedhof dem Sarge, in dem die sterblichen Reste der aus der Speyerer Gegend gebürtigen im 81. Lebensjahre jetzt verstorbenen Oberkellnerswitwe Frau Victoria Zwack zu Grabe getragen wurden und von Kooperator Springinsfelder zur Grabesruhe konsekriert worden waren. Der kirchliche Teil, verbunden mit Trostworten, galt einem Fürbittgebet, die ihren Geschwistern den Haushalt geführt und von der diesseitigen Welt Abschied nehmen gemußt hatte. Ein Schlaganfall hatte ihrem Leben, als sie vom Einkaufen zurückgekommen war, ein jähes Ende gesetzt.

☧

In einer von Liedern des Lehrerinnen- und Lehrergesangvereins umrahmten Trauerfeierlichkeit wurde der aus Sigmaringen stammende im 90. Jahre gestandene Oberlehrer Herr Konstantin Kres, der älteste Mann im Lehrer- und Lehrerinnenverband, jetzt zu Grabe getragen. Kooperator Peter Knott als Gastpfarrer von Bad Mädgenheim verrichtete die Einsegnung und wußte den Mann zu würdigen, der in seiner aktiven Zeit 34 Jahre lang Gutes getan, der so alt geworden war, daß man ihn, wie der Geistliche sagte, als eine »reife Frucht« für die Ewigkeit betrachten könnte. Trotzdem sei es Kres nicht vergönnt gewesen, sein Lebenswerk zum Abschluß zu bringen, ein gutes Niveau unter den Schülern aufzubauen. Ein Kranz der Lehrerschaft galt der 65jährigen Treue zur Schule, der Kres zeitlebens die Treue gehalten hatte.

☧

Mit 68 Jahren wurde die aus dem naheliegenden Mädgenheim kommende Anwärterin Evamaria Zorn vom Herrn heimgeholt und im Zentralfriedhof zur ewigen Heimat geleitet.

Kooperator Felkl, gerade von einer Krankheit genesen, verabschiedete sich von ihr ebenso wie die kleine Trauergemeinde. In der Traueransprache kam der Wunsch des Geistlichen nach einer ewigen Ruhe zum Ausdruck.

☧

Kurz vor ihrem 80. Geburtstag, den sie in Rottach zu verbringen hoffte, verschied die Regierungsoberinspektorwitwe Frau Therese Agnes Mühlschwein und fand, eingesegnet durch Stadtpfarrer Durst von St. Gangolf, ihren Frieden im unteren katholischen Friedhof. Durst gedachte der Therese Agnes Mühlschwein, die aus Neukirchen-Balbini stammte, durch die Versetzung ihres Vaters nach Dünklingen kam, der ein Gendarmerieleutnant gewesen war, in Bruck an der Mur starb und die Hochzeit seiner Tochter nicht mehr miterleben konnte. Auch die zahlreichen Enkel waren ihm nicht mehr vergönnt. Der Gatte Herbert ist der Therese Agnes Mühlschwein, geb. Preiß, schon lange im Tode vorausgeeilt und hatte seinerzeit eine schwere seelische Lücke hinterlassen, vor allem, weil Frau

Mühlschwein bis fast zuletzt mehrteils krank darniederlag und trotzdem noch ihren Bruder pflegen mußte, der ledig verblieben war, und so ihre stete Hilfsbereitschaft unter Beweis gestellt hat. Im Namen des Ortsverbandes Seelburg des Bayerischen Inspektorwitwenvereins legte Herr Giesiebl einen Kranz ans offene Grab.

☧

Im Friedhof Lasern wurde die im 68. Lebensjahre gestandene verstorbene Obersekretärsgattin Frau Anna Wildschaden zur Ruhe gelegt. Dem langen Trauerzuge schlossen sich auch die ehemaligen »Neißer« und Angehörige der Verstorbenen an. Kooperator Springinsfelder gebrauchte in seiner Traueransprache verschiedene Paulus- und Johannes-Worte und brachte seine Hoffnung zum Ausdruck auf ein Leben nach dem Tode. Da Anna Wildschaden, geborene Malitz, eine treue Dienerin gewesen ist, galten auch für sie die Worte: »Leben wir, so leben wir dem Herrn«, sagte der Geistliche. Die musikalische Leitung lag in den bewährten Händen von

Alois Sägerer. Herr Giesiebl widmete der Verstorbenen, die auch Mitglied der Eichendorff-Gilde gewesen ist, im Namen der Neißer Heimatgemeinschaft einen Kranz mit entsprechender Aufschrift.

☧

Im 69. Lebensjahre verstarb die aus Viehhausen, Landkreis Dünklingen, stammende Schmiedsgattin Frau Adolphe Fuchs-Otto. Im unteren Gottesacker fand sie durch Pfarrer Wegener eingesegnet die letzte Ruhestätte im Diesseits. Viele gute Bekannte und Verwandte gaben ihr bei etwas Nieselregen das letzte Geleite. Pfarrer Wegener nahm Anteil an dem Verlust, der die Familie durch den schmerzlichen Abgang betroffen hat, die Mutter, Großmutter und Schwester war. 1928 hatte Frau Fuchs-Otto in der Dompfarrkirche von Dünklingen ihrem Mann »die Hand« zum Bunde gereicht und ist sie ihm 39 Jahre lang eine treusorgende und milde Gattin und Mutter gewesen.

☧

Im hohen Alter von 94½ Jahren, aber bis zuletzt noch unerwartet gesund, holte der Herr des Todes die Frau Anny Loy jetzt heim. Sie wurde im Friedhof beigesetzt. Stadtpfarrer Durst segnete sie ein. Vier der Angehörigen standen am Grabe. Anny L. hatte ihren beliebten Gatten Herbert schon 1917 wegen eines Kriegsleidens verloren und dann die Erziehung und Bildung der Kinder ganz alleine besorgt. Durst dankte der toten Mutter dafur. Er empfahl sie dem Gebete aller. Namens eines Pensionistinnengremiums legte Herr Giesiebl stellvertretend einen Kranz nieder.

☧

Im erstaunlich fortgeschrittenen Alter von 71 Jahren wurde der aus dem nahegelegenen Weizentrudingen kommende Rentner und Bundestagsgehilfe Max Mehl vom Herrn über Leben und Tod heimgeholt und auf einem der hiesigen Gottesäcker in die ewige Heimat geleitet. Kooperator Felkl war es, der sich als Vertreter der katholischen Kirche von ihm verabschiedete. Klein war die Trauergemeinde, wie es hieß, zuletzt sollen sich immer mehr Menschen von Mehl zurückgezogen haben. Verheiratet war Mehl nur einmal in den frühen Fünfziger Jahren zu Iber.

☧

Im Friedhof Lasern wurde das beim Fußballspielen zutot gefahrene Mädchen Gabrielle Tscheff beigesetzt. Eine unübersehbare Menschenmenge hatte sich eingefunden. Die bedrückten Eltern standen am Grabe. Der Geistliche meinte, Gottes Wille sei oft Schicksal oder, wenn man so wolle, Fatum. Heute wisse man, daß die kleine Gabrielle in der Ewigkeit gut geborgen sei.

☧

Im oberen katholischen Friedhof wurde der erst im 72. Lebensjahre verstorbene und heimgegangene Herr Konrad Günter Meerwald zu Grabe geleitet. Meerwald wurde jüngst beim Start zu einer Wallfahrt nach Mindelstetten (in Sachen Anna Schäffer) im Bus tot vorgefunden. Die kirchliche Einsegnung nahm Kooperator Felkl vor, der gleichzeitig von einer Trauerrede absah. Am Grab hatten sich nur Bekannte eingefunden. Es wird angenommen, daß Meerwald, ein früherer Journalist, den Aufregungen der Reise nicht mehr gewachsen war.

☧

Im Alter von 67 Jahren verstarb der ledige Bauführer Oskar Eibenstock und wurde im Friedhof von seiner Tante und zahlreichen Freunden der Erde zurückgegeben. Eibenstock hatte zu Lebzeiten als ein lustiger Mann gegolten, der sich gern in kameradschaftlichem oder geselligem Kreise aufhielt und bewegte. Der die Einsegnung vornehmende Kaplan Herr Peter sagte am Grabe: »Wir wissen weder den Tag noch die Stunde . . .« Unter Leitung von Alois Sägerer sang der Chor das Lied vom Guten Kameraden. Die Tageslosung aber hieß: »Fürchte dich nicht, ich habe dich erlöst, ich habe dich bei deinem Namen gerufen, du bist mein.« Die Trauerfeier fand allgemein guten Anklang. Ein Kranz kam vom Vermessungsamt.

☧

Im 75. Jahre seines mit Arbeit ausgefüllten Daseins wurde der aus Backnang gebürtige Geschäftsführer der Firma Otto Clemens GmbH Herr Ludwig Otter in einem Trauerzuge zu Grabe geleitet und von Primiziant Otto Liesl eingesegnet von St. Anton. Liesl, der demnächst die Weihen erhält, nahm herrlichen Anteil an dem Verluste, der jetzt die Angehörigen und die Belegschaft getroffen hat. Ludwig Otter hat am Dünklinger Sebastian Kneipp Gymnasium studiert, war dann von dort aus zum Vermessungsamt gestoßen und hatte nach seiner Pensionierung 1969 mit schon unglaublicher Tatkraft die Direktion der Fa. Clemens GmbH übernommen. Otter war, wie Liesl am bereits offenen Grabe ausführte, ein guter sowohl als gläubiger Christ und Katholik. Schon 1932 hat er geheiratet. Buchhalter Rosenhag widmete dem alten Chef einen Nachruf voll Anerkennung. Er hat viel für das Geschäft geleistet. Er legte einen Kranz nieder, ein anderer Kranz war vom Ordnungsamt beigebracht worden. Liesl erinnerte abschließend an den Hebräerbrief: »Es ist noch eine Ruhe vorhanden«.

☧

Im evangelischen Friedhof war eine Trauergemeinde zum Teil von weither gekommen, um dem aus Dünklingen gebürtigen, im Freundes- und Bekanntenkreise geschätzten und im 79. Lebensjahre stehenden Herrn Friedrich Nietsche das Geleit zum offenen Grabe zu geben. In seiner Rede in der Aussegnungshalle sprach Pfarrer Mötschl von Friedrich Nietsche als von einer sehr starken Persönlichkeit und von einem Manne, der in Freundeskreisen viel zu erzählen wußte, so daß es oft spät wurde. Deshalb war er auch überall gern aufgenommen. Friedrich Nietsche hat seinen Beruf über alles geliebt und ihn deshalb auch bis in sein erstaunlich hohes Alter praktiziert. Als Gatte hatte er in 43 Jahren treu zu seiner Frau Maria aus Sils gestanden. Der einsegnende Pfarrer – Mötschl – wählte in seiner Traueransprache die Schriftworte des Isajy aus dem 43. Kapitel, die gerade am 78. Geburtstag von Fr. Nietsche Tageslosung war.

☧

Erschreckend bald nach ihrem 96. Wiegenfeste verstarb Frau Martha Bolduansen aus dem Städtischen Alterswohnheim in der Anbrennerstraße Ecke Wehmeierstraße. Im evangelischen Kirch- und Friedhof wurde die Frau entsprechend von einem Trauerkreis verabschiedet. Hauptsächlich kamen Menschen aus dem Alterswohnheim, aber auch General Krakau erwies ihr die Ehre. Der Sohn konnte wegen Krankheit leider nicht am offenen Grabe der Mutter sein. Die Einsegnung gestaltete als Besuchergeistlicher Pfarrer Michel Gölling-Stoß, ein früherer Bekannter der Verstorbenen von Erlenstegen, Pfarrei Lukas-Gnadenreich. Er stellte die Frage, ob es erlaubt sei, gemäß der Heiligen Schrift an eine spätere Wiederbegegnung mit alten Freunden zu denken und mit ihr zu rechnen. Gölling-Stoß bejahte sie.

☧

Zu Grabe getragen wurde leider schon im Alter von 1½ Jahren das Kind Tamara Körper. Es war an einer Fleischvergiftung – eventuell auch Fisch – gestorben. Durst tröstete die weinende Mutter mit dem Vortrag des Jesus-Worts: »Lasset die Kleinen zu mir kommen, weil ihrer ist das Himmelreich«. Der

Chor sang unter der Stabführung von Alois Sägerer das bei Beerdigungen selten gehörte Lied »Schlafe, mein Prinzchen, schlaf ein!«

☧

Im 73. Lebensjahre verlor der aus Chemnitz im Breisgau gebürtige Kaufmann Herr Fritz Schöberl bei einem tragischen Verkehrsunfall auf der Autobahn bei Wien sein Leben. Er hat damit Abschied genommen von einer Welt, die für ihn so manchen düsteren Schicksalsschlag gebracht hat. Eingesegnet durch Pfarrer Herbert Durst fand der Mann im unteren katholischen Friedhof durch Pfarrer Durst sein Grab. Der Geistliche sprach von dem Toten als von einem in den strengen Grundsätzen der Vorkriegszeit lebendem Manne, der sehr gerecht war. Auch erwähnte er die Nöte, die dieser Mann durchzustehen hatte. Im 1. Weltkrieg war er eingezogen, anschließend in mehrjähriger Gefangenschaft in Sibirien (Rußland), die ihn seinen Lebensnerv wirksam gezerrt hat. Die ohnehin bedrückende Zeit des 3. Reiches, die ihm seine lieben Angehörigen im KZ geraubt hat und schließlich die

Zeit des schweren Leidens. Stadtrat Zweck (Dünklingen) hatte für die Stadt einen Kranz niedergelegt und bedankte sich im Namen einiger Behörden.

℞

Im Zentralfriedhof wurde gleichzeitig die aus Weltenkommen kommende im 80. Lebensjahre verstorbene Frau Norgerl aus der Altstadt zu Grabe getragen. Eine große Trauergemeinde verabschiedete sich von Frau Norgerl, die hier sehr bekannt ist. Der geistliche Würdenträger sagte, sie sei eine Frau gewesen, die gewußt habe, was sie wollte. Nun habe sie der Tod ereilt. Daran schloß sich ein Fürbittgebet. Auch Herr Giesiebl legte einen Kranz nieder. Frau Norgerl schien eine gute Frau gewesen zu sein.

℞

Im Blütenalter von erst 29 Jahren wurde die aus dem hiesigen Dünklingen gebürtige Frau Roswitha Bitzius, eine geborene Vorgang, nach nur kurzbemessener Ehe ihrem Töchterlein Babsi und dem Gatten entrissen durch den Tod. Im oberen katholischen Friedhof, der jetzt die Unwetterschäden überstanden hat, fand diese junge Frau ihre letzte Ruhestätte. Nicht wenige Trauergäste, darunter auch Angehörige des Finanzamts, waren gekommen, um der nunmehr Toten die letzte Referenz zu erweisen. Der geistliche Offiziator, Kooperator Springinsfelder, konnte all den Menschen die Frohbotschaft mit auf den Weg geben, welche der Kirchenvater Hieronymus niedergelegt hat: »Wir wollen nicht trauern, weil wir sie verloren haben, sondern Gott danken, weil wir sie gehabt haben«. Für den Gatten Harry ist es trotzdem ein schwerer Schlag. An ihm nahm der Geistliche besonderen Anteil und an der kleinen Babsy, die es noch nicht versteht.

☧

Im Waldfriedhof bei Dünklingen erfolgte ein herrlicher Trauerzug – das fürstliche Paar von Harburg war ebenfalls repräsentiert – dem Sarge, in dem der aus Dünklingen gebürtige Herr Konrektor Weizmann lag, ein Mann von erst 70 Jahren. Die katholische Einsegnung hielt ein Pfarrer von hier. Ehrende Worte und einen Kranz widmeten dem treuen Diener im Namen des alten Fürsten und des Hofmarschallamtes Herr v. Eisenschenk, ebenfalls von hier. Darnach war Weizmann in seltener Pflichttreue und Eifer über 40 Jahre seiner Herrschaft ergeben gewesen. Herr Eisenschenk nannte diesen einen Mann von untadeliger Bescheidenheit. Es wurde auch gesagt, daß der Konrektor den zweiten Weltkrieg noch mitgemacht habe und erst spät heimgekehrt sei. Ein anderer Redner meinte, man stelle sich oft die Frage, warum es gerade unsere Besten immer so zeitig treffe. Es war ein ausgesprochen leuchtender Sommertag, als die sterbliche Hülle Weizmanns versenkt wurde. Was wunder, daß sich mehr als sonst üblich Trauergäste aus nah und fern eingefunden hatten, ihm, dem hochangesehenen Toten, die letzte Ehre zu erteilen. Auch Repräsentanten der Schule und des Schulamts bescherten Kränze, im Namen der Landesregierung wurde ein Bukett übersandt. Solche Beerdigungen halten sich im Gedächtnis!

☧

Im Friedhof endete kürzlich jäh das Erdendasein von Herrn Josef Ph. Morlock, der aber mit dem bekannten Sportsmann nicht verwandt ist. Im 59. Jahre ist der ehemalige Buchhalter bei verschiedenen Behörden gestorben. Von einer Traueransprache wurde wunschgemäß Abstand genommen. Im Namen des VdK wurde dem alten Mitglied ein Kranz gewährleistet. Auch Herr Giesiebl legte für die Pensionisten ein Gebinde nieder.

☧

Im Friedhof von Lasern wurde der aus Dünklingen entstammende und im 85. Lebensjahre stehende Herr Dr. Engelbert Krause, geb. Maulwurf, in einem von Fahnenabordnungen des Katholischen Werksvolks und der Kriegerkameradschaft »1919« Lasern eröffneten langjährigen Trauerzuges unter musikalischen Klängen (A. Sägerer) zu Grabe geleitet. Ein dreifaches Ehrensalut galt dem ehemaligen Krieger. Geistlicher Rat Haderer Max tröstete die Hinterbliebenen. Die musikalische Gesamtleitung lag in den Händen von Chorregent Alois Sägerer. Krause entstammte der Stadt Magdeburg und er war ausgezeichnet durch Güte, Frische und charakterliche Stetigkeit.

☧

Durch einen tragischen Unglücksfall gemeinsam in den Tod verschieden kürzlich Frau Emmy Reuschel und der aus einem Ort im Sudetenland stammende Werkzeugmacher des Gerätewerks der Siemenswerke Herr Franz Reuschel in seinem 67. Lebensjahre. Er wurde hiermit vom Herrn über Leben und Tod in die ewige Heimat abberufen, wie der Evangelist geweissagt. Reuschel wurde im katholischen Friedhof in einem langen Trauerzuge unter den Klängen eines Trauerchorals eingesargt und von Primiziant Liesl zur Grabesruhe eingesegnet. Man sprach von Reusel auch als von einem beispielgebenden Manne und Vater seiner sechs Kinder und 19 Enkel. Kränze wurden am offenen Grabe niedergelegt. Im Namen des Gerätewerks und der Belegschaft von Siemens-Gunzenhausen und von den Sudetendeutschen, aus deren Reihen auch ein Mann am offenen Grabe sprach.

☧

Am frühen Nachmittage im unteren katholischen Gottesacker gab eine gediegene Trauergemeinschaft dem aus Ernhüll bei Seelburg stammenden und im 55. Lebensjahre heimgegangenen Allgemeinen Ortskrankenkassen Hauptoffizianten Herrn Klein Heinrich das Geleite zum Friedhofe. Die kirchliche Einsegnung verbunden mit Trost und gesprochenem Fürbittgebet der am Grabe Weilenden vollzog Pfarrer Durst persönlich. Kränze wurden am offenen Grab darniedergelegt im Namen des Vorstandes der Allgemeinen Ortskrankenkasse, wo Klein stets als zuvorkommender und auskömmlicher Mann geschätzt war, sowie im Namen der allgemeinen Ortskrankenkasse wurden Kränze niedergelegt.

☧

Im Alter von erst 57 Jahren wurde die Immobilienkauffrau Frau Kathi (»Kathl«) Ullermann von ihren Angehörigen und dem diensttuenden Kaplan Zwirn zu Grabe gelegt. Im Waldfriedhof mußten die Angehörigen den letzten Abschied nehmen von einem Menschen, der für sie alles bedeutet hat. Der Kooperator charakterisierte den Tod als einen unbarmherzigen Vollstrecker des Willens Gottes. Ruhe sanft.

℟

Im oberen katholischen Friedhof wurde der bei seiner Pensionierung im 65. Lebensjahre verstorbene Oberlehrer a. D. Herr Erwin Wisgickl, früher Oberlohma (Franzensbad) mit einem langen Trauerzuge unter den Klängen eines Trauerchorals zu Grabe geleitet und von Kooperator Ewald Felkl, St. Gangolf, begraben und eingesegnet. der Geistliche gab den Hinterbliebenen die Weisung, daß ihr lieber Toter der Versicherung des Herrn gemäß zu einem dauerhaften ewigen Leben auferstehen wird, man wisse nur nicht, wann. Dann aber würden sie ihn wiedersehen von Angesicht zu Angesicht. Dem Verstorbenen wurden in beachtlicher Zahl Kränze mit gegeben. Im Namen der Bundesrepublik Deutschland, dem der Lehrergewerkschaft und dem der Heimatgruppe Südmähren-Ost.

℟

Im Friedhof wurde die aus Schäflohe stammende im greisenhaften Alter von nunmehr 76 Jahren jetzt entschlafene Frau Franziska Zwock, geborene Zopf, von ihren weithin versammelten Angehörigen und zahlreichen entfernteren Verwandten zu ihrem Grabe geleitet. Eine große Kluft war der Toten aufgegraben worden. Stadtrat Wegener von Ziegetsdorf segnete die kernkatholische Frau ein, die sich nach dem lang zurückdatierenden Tod ihrer Gatten in der Sorge um drei heute erwachsene Kinder stark aufgeopfert hat. Kirchenchormitglieder entboten unter der Stabführung von Chorregent Alois Sägerer ein entsprechendes Grablied.

℞

Kurz vor ihrem 83. Lebensjahr verstarb die Witwe Frau Anna Gesell, geborene Alt. Im unteren katholischen Gottesacker fand die Tote durch Kooperator Felkl-Schränker letzte Ruhe im Herrn über Leben und Tod. Der Geistliche nahm innigen Anteil an dem Verlust der Angehörigen, der durch den Hingang der Gesell eingetreten ist, und dankte der Verstorbenen für das hervorragende Beispiel, das sie als ununterbrochene Spenderin der Pfarrgemeinde gegeben hat. Frau Gesell war früher verehelicht. Es sind aber keine Kinder mehr am Leben.

☧

Krankheitsbedingt war das Ableben des aus Riesach stammenden und im 62. Lebensjahr unvermutet gestorbenen Regierungsinspektors Herrn Erich Neff, der im unteren Friedhof, gefolgt von einem langen Trauerzuge, in seinem Sarg zu Grabe geleitet wurde. Der Stadtpfarrer von Herzjesus, Mötschl, bezeichnete Neff als einen treuen Mann, den der Tod nicht unerwartet getroffen hat. Der Vorstand des Staatlichen Rechnungsprüfungsamtes Dünklingen/Aalen legte am offenen Grabe dieses charakterlich ausgereiften Mannes und Beamten einen Sarg als besondere Aufmerksamkeit einen Kranz nieder. Der Amtsvorstand erwähnte auch, daß es Neff in seiner militärischen Laufbahn bis zum Oberstabsintendanten gebracht hat, eine Reihe von Jahren nach dem verlorenen Krieg zum Staat kam und seit

1952 dem Rechnungshof mitangehört. Bis hin zu seiner nach 47 Jahren erfolgten Pensionierung hat er dort treu gearbeitet. Frau Sommer und Herr Giesiebl legten Kränze darnieder. Wie man hört, soll Neff baltischer Herkunft gewesen sein.

☧

Nach erwartungsgemäß langem Leiden verstarb der aus Berlin gebürtige Hauptmann i. R. Herr Günter Unruh-Queck. Verabschiedet von einer ansehnlichen Trauergemeinde wurde er nun im ev. Friedhof. Dort fand er auch seine Ruhestätte. Pfarrer Haderer segnete diesen Mann ein, von dem er sagen konnte, daß er stets gottverbunden war und ein treuer Sohn seiner Mutter, der berühmten Opernsängerin Hetty Flintropp-Queck, gewesen sei. Aber auch der Mutter Kirche, knüpfte Sepp Haderer den Gedanken weiter, der dann auch darauf verwies, sein Leben sei von der Liebe diktiert gewesen. Darum auch hatte der Bläserchor wunschgemäß die alte Weise »Wir beten an die Macht der Liebe« einstudiert und Pfarrer Haderer das Johannes-

Wort beigebracht: »Die Liebe höret nimmer auf.« Günter Unruh-Queck hat in den Kriegswirren einst eine Ehe geschlossen und war Vater eines Sohnes geworden. Unter den Klängen der getragenen Musik wurde G. Unruh-Quek sodann ins Grabe gesenkt!

☧

Hoch im 92. Jahre verstarb nach einem langen und aufopferungsbereiten Leidenskampf die aus Tagsöldern stammende Hauptwitwe Frau Rosa Hölzenbein. Kaum eingesegnet, wurde sie im unteren Friedhof, geleitet von H. H. Stadtpfarrer Durst, zu Grabe getragen. Kränze lagen am offenen Grabe, als es galt, baldigen Abschied zu nehmen. Stadtpfarrer Wegener von Lasern, Holzapfelstraße 7, segnete die Frau zur Grabesruhe ein und wendete gleichzeitig auf Rosa Hölzenbein die Schriftworte an, die sich im Buch der Weisheit finden: »Eine Frau, die Gott fürchtet, wird gelobt werden.« Rosa Hölzenbein war eine tiefgläubige Frau bis zuletzt gewesen. 1911–1914 war sie verheiratet und war Mutter von neun Kindern geworden, die mehrteils gefallen sind.

Vier standen am offenen Grabe der Mutter und Gattin. Ein Sohn war 1938 mit der Flugzeugmaschine abgestürzt. 1939 starb auch der Gatte. All diese Schicksalszeichen und auch das langwierige Leiden hatte sie mit Geduld, Stärke und Starkmut auf sich genommen. Am Grabe wurden Kränze niedergelegt.

☧

Jetzt wurde der verstorbene Rentner, und frühere Mitarbeiter der Anilinwerke Baden, Herr Josef Vogt, im Alter von 77 Jahren im katholischen Zentralfriedhof zugrabe getragen. Von einer Fahnendelegation des BdK wurde der Zug eröffnet, dem folgte Stadtpfarrer Durst und erstattete eine Rede für jenen Mann, der nach ca. 10jähriger Individualität jetzt verstorben ist. Der Geistliche entbot der verbliebenen Frau, dem Sohn und der Tochter, die seit unlängst verheiratet ist, seine Anteilnahme und dankte ihnen für ihr Kommen. Kränze wurden am offenen Grab niedergelegt. Im Namen der Betriebsdirektion der Anilinwerke, Zweigstelle Dünklingen, und von dem VdK-Nord.

☧

Der Schlosser Herr Josef Vogt ging in seinem 600. Jahre jetzt in den ewigen Frieden ein. Heute wurde er auf dem Friedhof beigesetzt. Stadtpfarrer Durst hielt die Begräbnisfeier in gewohntem und bewährtem Rahmen und betete mit den Trauergästen für die Reinigung des Heimgegangenen, der ein geschätzter und emsiger Mann gewesen ist. Seine Arbeitskollegen von der Innung hatten ihn nicht vergessen. Durst aber hatte das Bibelwort erwählt: »Die Liebe kommt von Gott«. Die Arbeitskollegen, die Anilinwerke und der VdK stifteten einen Kranz.

☧

Der aus Töpen (Schles.) stammende Wachmann Herr Josef Bierschlegel gab seine Seele, erst 70 Jahre alt, jetzt Gott zurück. Sein sterblicher Leib wurde auf dem untren Friedhof bestattet, Kaplan Zwirn gab ihm das Grabgeleite. Zwirn widmete Bierschlegel anerkennende Worte und verwies endlich auf den Trost Mariä.

☧

Es war die langjährige Rentnerin Frau Zenta Faderl, die nach Gottes Ratschluß in der irdischen Welt das hohe Alter von knapp 69 Jahren erreichte. Jetzt ruht sie auf dem unteren katholischen Friedhof (hinterhalb wird derzeit eine neue Tankstelle errichtet). Sie stammte aus Altigelheim und lernte in Tabernackel ihren Gatten Ferdl kennen. Nun ruht sie. Primiziant Otto Liesl von der zuständigen Pfarrei segnete ihren sterblichen Leib in Anwesenheit einer kleineren Trauergemeinde zur ewigen Seligkeit ein.

☧

Lediglich volle 55 Jahre waren dem Manne Herrn Josef Edel von Gott in der hiesigen Welt zubemessen. Der Verewigte war des längeren Pensionist und früher Gärtnersgehilfe gewesen. Nun ging er unvermutet in den Frieden ein, in den Himmelsgarten, wie es der Evangelist des Herrn ausdrückt. Die Verwaltung der Ortskrankenkasse, die einen immer freundlichen Menschen betrauert, widmete als letzten Abschiedsgruß einen Kranz, desgleichen Botho S. Dammer im Sinne des

Verstorbenen. Chorregent Sägerer fehlte entschuldigt.

☧

Aus Neuricht stammte der frühere Kunstmaler und in der Folge Frührentner Herr Heini Voll, der im Alter von annähernd 57 Jahren jetzt abberufen wurde und auf dem Friedhof von Lasern seinem Wunsch gemäß entsprechend bestattet wurde. Stadtpfarrer Wegener-Ziegetsdorf spendete der Lebensgefährtin Frau Stock, mit der Voll seit 1969 verbunden war, zwei Söhnen und der Tochter sowie weiteren Angehörigen, die nun ihn verloren haben, den Tod, der in der Hoffnung auf ein Wiedersehen liegt, und widmete sodann dem jüngst Heimgegangenen das Fürbittgebet und den letzten Segen seiner, Volls, Kirche. Der Verstorbene war seit zehn Jahren arbeitsunfähig geworden, früher war er auch bei der Chemie-Mogger beschäftigt unterschiedlich. Deren Geschäftsleitung sowie der VdK spendeten je einen Kranz mit Gebinde und reichem Zierat.

☧

In seinem 63. Lebensjahre – wie in letzter Zeit so häufig sehr früh! – ging der Regierungsoberkommissär Herr Wolfgang Gold aus Reisbach bei Heften von dannen und in eine bessere Ewigkeit ein. Seine sterbliche Hülle wurde auf dem Unteren katholischen Friedhof – frisch beschneit – von Pfarrer Mötschl bestattet von Herz Jesus. Unter laufendem Gebet und verschiedentlicher Fürbitte befanden sich vor allem auch Angehörige am weit offenen Grab, die in dem Mann Gold einen rechtschaffenen Kollegen verloren haben. Er war lange Zeit glücklich verheiratet und hatte sich zu guter Letzt noch dem Pensionistenbund angegliedert. So konnte es denn nicht ausbleiben, daß in dessen Auftrag Herr Giesiebl mit einer Kranzspende aufwarten konnte.

☧

Das hohe Alter von 70 Jahren durfte nach Gottes verborgenem Ratschlusse Frau Karin Berg-Schaaf in der irdischen Welt im Diesseits erreichen. In Sidney ging sie nun über die Schwelle des Todes in ein möglicherweise besseres Jenseits. Kooperator Heribert

Fassl von St. Leonhard (aushilfsweise), der ihr auf dem unteren katholischen Bischof das kirchliche Geleite gab, legte in seinem Nachwort beredt das Schriftwort aus, welches besagt, daß auch der reiselustigste Mensch nur Ruhe im Herrn findet. Die extra nach Dünklingen Transportierte war Mutter eines Sohnes und einer Tochter gewesen. Der Ehemann war verhindert.

☧

Auf dem oberen katholischen Friedhof wurde jetzt Herrn Öd aus Schnaittach die letzte immerwährende Ruhe gewährt. Ihm war von Gott das Lebensalter von nur 71 Jahren zugemessen worden für die irdische Welt. Kaplan Wenauer von St. Stein, der hier auf Urlaub weilt, ließ es sich nicht nehmen, mit der Begräbnisfamilie ein Vaterunser für die baldige Läuterung der Seele seines verstorbenen »Lehrmeisters« zu beten und spendete Trost. Unter den Trauernden auch Direktor Rösselmann.

☧

Die langjährige Rentnerin Frau Christine Strunz-Zitzelsberger erreichte, nach Gottes Ratschluß, in dieser unserer irdischen Welt das hohe Alter von 69 Jahren. Seit vorgestern ruht sie auf dem katholischen Friedhof. Sie stammte aus Altigelheim und lernte dort auch ihren Gatten kennen, den bekannten Wasserskifahrer. Er kam auch beim Wasserskifahren ums Leben. Nun ruht auch Frau Christine. Kooperator Felkl segnete ihre sterbliche Hülle unter Gebet in Anwesenheit einer bedeutenden Trauergemeinde zur erhofften ewigen Seligkeit ein. Denn siehe, Gottes Gnade hört nie auf.

Im 79. Lebensjahr beschloß der Herr, unser Gott, über Leben und Tod des Wärters Andreas Röslschmidt. Nicht wenige Trauergäste gaben ihm das Geleit von der diesseitigen in die jenseitige Welt. Auf dem evangelischen Zentralfriedhof traf man sich nahe der Aussegnungshalle. Infolge Bettlägrigkeit war die Gattin am teilnehmenden Kommen gehindert. Lange war sie mit jenem verheiratet gewesen. Ein Schriftwort aus dem alten Testament legte ein Geistlicher zugrunde. Er war es auch, der den Toten als einen Menschen von Ehrlichkeit, Treue und Scharfsinn bezeichnete.

☧

Im 88. Lebensjahre verstarb – überraschend für viele – der Rentner Herr Fonse Eibl. Er stammte aus Pürschlag und wurde auf dem katholischen Waldfriedhof, nahe Dünklingen, beigesetzt. Die kirchlichen Rituale gestaltete Pfarrer Haderer, der im letzten Moment für den vom Urlaub an der Ostsee nicht rechtzeitig zurückgekehrten Mötschl eingesprungen war. Man erhielt nach einem Gebet den Segen und den Verstorbenen. Anteilnehmende Worte hinsichtlich der Hinterbliebenen und Angehörigen rundeten die Feier. Manch schönes Grablied ward gesungen.

☧

Vom Tode auf der Straße ereilt wurde jetzt, erst 45 Jahre alt, Frau Amann. Auf dem Friedhof von Lasern ruht sie nun. Die Begräbnisfeierlichkeit leitete Kaplan »Charly«

Springinsfelder von St. Konrad. Innerhalb der großen Zahl von Trauergemeindemitgliedern befanden sich auch verschiedentliche Betriebsangehörige der Firma Bleischrot, Dünklingen. Eindrucksvoll legte der geistliche Würdenträger das Schriftwort aus: »Der Mensch lebt nicht vom Brot allein, sondern von jedem Wort, das aus dem Munde Gottes kommt«. Mit den Worten Christi, daß er nicht gekommen ist, die Welt zu richten, sondern zu erlösen, beschloß Springinsfelder die religiöse Feier und spendete den Hinterbleibenden Trost. Die Firma Bleischrot, bei welcher die hinübergegangene Frau Annemarie Amann seit 50 beschäftigt war und sehr geschätzt war, widmete der lieben Verstorbenen als letzten Gruß den Dank eines Kranzes, ebenso die Abteilung Zuschnitt und die Gewerkschaft Textil. Der Kirchenchor sang – anstelle des erneut an der Lunge erkrankten A. Sägerer – unter der Leitung von E. A. Rauter zur Umrundung der Feierlichkeiten ein stilles Lied. Man kann ohne weiteres von einer selten schönen Feier sprechen.

☧

Kurz und unerwartet war der ledige Hausangestellte Achim Greser von hier verstorben. Im Alter von erst, wie man hört, 26 Jahren fiel er einem langen und tückischen Leiden zum Opfer. Eine ansehnliche Trauergemeinde war es, die dem in Lohr Gebürtigen das letzte Geleite zum offenen Grabe erteilte. Die kirchliche Einsegnung verband der aus den Kartoffelferien herbeigeeilte Kooperator Schönsteiner mit einem Trostwort an den siechen Vater sowie einem Fürbittgebet von St. Josef, Lohr. Kirchenchormitglieder sangen unter der ausgezeichneten Leistung des genesenen und völlig wiederhergestellten Chorregenten Alois Sägerer zwei Lieder.

☧

Im Zentralen Friedhof von Dünklingen wurde dieser Tage die aus Eichstätt stammende Brauerswitwe Monika Winterhalder geborene Eisenreich, in die ewige Ruhe bestattet. Sie, eine der fleißigsten in ihrem Kreise, erreichte schöne 74 Jahre. Pfarrer Durst von hier legte dem Ganzen das Schriftwort zugrunde: »Der Mensch lebt und besteht nur eine kurze

Zeit und alle Welt vergeht mit ihrer Herrlichkeit; nur einer steht am Ende und wir in seinen Händen, das ist der liebe Christ.« Die Verstorbene hat viel durchmachen müssen. Kränze wurden am offenen Grabe niedergelegt. Winterhalder war eine ungemein teilnehmende und sehr gute Frau gewesen. Requiescat in pace.

☧

Im oberen katholischen Friedhof wurde der aus Vaterstetten gebürtige, nach einem langen Leiden im 71. Lebensjahr stammende Kaufmann Herr Edmund Eisele in einem langgezogenen Trauerzuge und unter den Klängen eines Trauerchorals feierlich zu Grabe geleitet. Kaplan Zwirn segnete ein. Der Geistliche sprach von Holzinger als von einem fleißigen und seiner Familie stets anhänglichen Mann, der allerdings in den letzten Jahren seines Lebens manches hat aushalten müssen. Dazu zählten harter Kriegsdienst und eine Verwundung, lange Gefangenschaft und eine Verletzung, die ihn zuletzt zur Bettruhe zwang. Es war der Geistliche, der darauf verwies, daß der Tote immer alles mit großer

Geduld ertragen habe. Ein Mann, den man kaum vergißt.

☧

Die Postwitwe Frau Philomena Zintl stammte aus Zielheim. Sie verstarb im stolzen Alter von 77 Jahren an Schwäche und wurde im Friedhof jetzt zu Grabe getragen. Kaplan Springinsfelder von Herz Jesu hielt die Trauerfeier für die Anwesenden, die in großer Zahl erschienen waren, und auch für die tote Frau.

☧

Die vor allem in Postkreisen geschätzte Buchhalterin Fräulein Theres Pettenried fand, verstorben im 79. Lebensjahr in der Familiengrabstätte Pettenried Eingang. Dompfarrkapitular Liesl senior erwirkte den kirchlichen Akt. Er sagte u. a., der Heiland habe jetzt Pettenried zu sich genommen und ihr damit manche Sorgen abgenommen. Der Herr spricht, daß denjenigen, die an ihn glauben, seine ewige Wohnung hinter den Sternen bereitet sei. Von der Verstorbenen nahm eine zahlreiche

Trauergemeinde bewegten Abstand. Alois Sägerers durch Mitglieder aus Seelburg verstärkter Chor fand guten Anklang.

☧

Es war im 82. Lebensjahre, daß die aus Wurmrausch, geborene Rußwurm, stammende, Installateurswitwe Frau Lisbeth Nichtser, geborene Rußwurm, vom Herrn über Leben sowohl als Tod in die ewige Heimat heimgeholt wurde. Es handelte sich um eine früher schon einmal verwitwete Siebzehnriebl. Im oberen katholischen Kirchhofe fand sie, eingesegnet durch die Hand Felkl-Schränkers, von St. Josef und verabschiedet von zahlreichen Angehörigen. Von einer Traueransprache wurde, um bestimmten Falschmeinungen entgegenzutreten, Abstand genommen. Der Geschlossenheit tat dies keinen Abbruch.

☧

Erst im 55. Lebensjahre verstarb der aus dem heutigen polnisch besetzten Kattowitz gebürtige Kellner und Serviermeister des Tanzcafes

»Whisky a gogo – Club de la Romantica« Herr Erich Beutel. Unlängst wurde er im Waldfriedhof von einem langen Trauerzuge – überwiegend Jugendliche – zu Grabe geleitet und von geistlichen Schriftworten eingesegnet. Dieser griff in seiner Traueransprache die Worte der Frohbotschaft heraus, welche von der bedingungslosen Ergebung unter die Entscheidung Gottes sprechen und künden. Es wurde auch erwähnt, daß Herr Beutel nach Verlust des Krieges mit drei Kameraden nach Seelburg gewandert war (Kuweng, Duschke, Klohn Egon), um dann sich hier dauerhaft seßhaft zu machen. Dies glückte ihm später in dem Tanzcafe »Whisky a gogo«, heute »Roncalli«. Hier half er viel mit. Dem Landsmann wurde im Rahmen der Landsmannschaft ein Kranz gespendet (H. Giesiebl).

☧

Im hiesigen Friedhof wurde die aus Altensittenbach herübergekommene Angestellte Frau Eri Zinn aus Zinnheim feierlich zu Grabe geleitet. Sie verstarb im Alter von beachtlichen 78 Jahren. Jetzt wurde sie dem Erdreich zurückerstattet, aus dem sie einstens kam. Kaplan Lienhardt Kranz von Herz Jesu besorgte die Trauerzeremonien mit Gebet für die Anwesenden und mit Fürsprache für die tote Frau Zinn.

☧

Im Zentralfriedhof wurde die Bundesbahn-Gleismeisterin Frau Frida Zugehbauer feierlich zu Trage getragen. Trotz unerwartet schöner Sonne hatten sich nur die besten Kameraden der alten Frau und die Vertreter der Bundesbahn eingefunden. Kränze und Blumen bewiesen die Wertschätzung aller. Zugehbauer stammte aus Wien.

☧

Mit annähernd 87 Jahren gab der Rentnersmann Herr Peter Siegel aus dem Altersheim seine reife Seele in die Hand Gottes zurück. Sein Leib aber wurde auf dem Zentralfriedhof aufgebahrt, bis er dann gestern bestattet wurde. Kaplan Bartholomäus Springinsfelder von der zuständigen Pfarrei segnete den Rentamtmann in

Anwesenheit zahlloser Trauergäste im Familiengrab zur stillen Ruhe ein und erflehte eine baldige Läuterung der Seele des Verstorbenen, der aus Großalbershof stammte und ein leutseliger Mann gewesen sein soll. Auch sagte der Geistliche, der Tote sei ein eigenwilliger Mann gewesen. Kränze zeugten von seiner Bekanntheit.

☧

Frau Rappelsberger von hier, eine Rentnerswitwe, erreichte in der uns bekannten irdischen Welt genau 79 Jahre. Nun ging sie, verhältnismäßig unerwartet, ins bessere Jenseits hinüber. Ihr sterblicher Leib wurde im oberen katholischen Friedhofsbereich bestattet und zwar auf dem Drittordensfriedhof der Kongregation. Kaplan Schönsteiner gab ihr das Geleite. Der Geist helfe unserer Schwachheit auf, äußerte der Einsegnende. Chordirektor Alois Sägerer hatte das Lied vom Guten Kameraden erwählt.

☧

Kurz vor der Erreichnis seines »Siebzigsten«, mit 71 Jahren, verblich dieser Tage der ehemalige Boxer, Fußballspieler und Automobilwiederverkäufer Herr Alwin Streibl. Streibl war in hiesigen Kreisen als gemütlicher Mann geschätzt, obschon er auch, wie Pfarrer Mötschl beiläufig nicht verschwieg, aus naheliegenden Gründen viele Feinde hatte, vor allem aus Künstlerkreisen. Mitglieder zahlreicher Stammlokale, in denen Streibl im Lauf seines Lebens verkehrt, hatten sich am Grabe eingefunden. Das Weizenbier hatte er immer gerne gemocht, sagte Mötschl. Allein sein »Wunschtraum«, die Jahrtausendgrenze guten Muts noch zu erreichen, blieb ihm versagt. Auf dieses ging der Geistliche im Licht der Gnade kurz am offenen Grabe ein. Sechs Kinder verabschiedeten den toten Vater, eins von der Frauenfußball-Bayernauswahl ist schon vor ihm von hinnen gegangen. Erst vor vierzehn Tagen war Streibl noch auf dem Platz von Inter Dünklingen gesehen worden. A. Sägerers Chor sang Streibls Lieblingslied von F. Schubert: »Sei uns stets gegrüßt, o Nacht!« Der Abschiedsschmerz der Kinder und der Frau galt einem letztlich guten Vater.

☧

Aus dem Orte Plankenstein stammte Rektor i. R. Rudolf Wolf. Er, ein steter strenger Charakter, wurde inmitten seines erst kürzlich begonnenen 73. Lebensjahres von Gott, dem Herrn, aus der diesseitigen Welt abberufen. Sein sterblicher Leib fand gleichwohl eine letzte Ruhestätte auf dem geweihten Gottesacker des unteren katholischen Friedhofs. Kaplan Felkl-Schränker von der zuständigen Partei segnete ihn gleichzeitig ein. Ein großer Trauerkreis fand sich zum feierlichen Begräbnisakt nun ein, darunter auch Prälat Anton R. Zimmer und Altbischof Rudolf, der frühere Stadtpfarrer Wolfs, der auf Wunsch des Heimgegangenen das Requiem sang und auch die Traueransprache in der Kirche gehalten hatte. Ein Lehrerchor trug bei gleicher Gelegenheit bei: »Über den Sternen, da wird es einst tagen ...« Von der Regierung des Bezirkes wurde dem frommen verdienten Schulmanne ein Kranz als letzter Glaubensgruß beigegeben.

☧

Erst 17 Jahre alt, mußte das Kind Irene Prutz in die Ewigkeit. Es stammte aus der

Apotheke und ging dort auch in die Handelsschule. Im unteren Friedhof fand sie jetzt ihre Ruhe. Kaplan Helmut Oswald, ein neues Gesicht, hielt die christliche Trauerfeier und tröstete alle Anwesenden über den Verlust. Er, sagte der Geistliche, habe Irene gut gekannt. Der Kriegerverein Lappersdorf, für den Irene immer die Zither gespielt hatte, mit seiner Fahne führte den langen Trauerzuge an, in dem die kleine Lina lag. So bewegte er sich vorwärts. Der Kriegerverein und Herr Giesiebl widmeten einen letzten Gruß. Die Verstorbene gehörte jahrelang der Protest-Song-Band Dünklingen und dem Tanzclub Blauweiß Enzian an und berechtigte einst zu den schönsten Hoffnungen. Diese sind nun zerstört nach Gottes undurchsichtigem Ratschluß. Er berief Irene P. durch einen Unfall zu sich.

☧

Das Lebenslicht der aus dem siebenbürgischen Sirn gebürtigen und in Bad Zwischenahnofen großgewordenen Zimmermannswitwe Frau Anna Seiferlein wurde ausgelöscht im Alter von 85 Jahren. Der Herr über Leben und

Tod ließ Frau Lang ihrem schon früh davongegangenen Gatten in die uns versprochene ewige Seligkeit nachfolgen. Am oberen katholischen Friedhof wurde sie von einem ungewohnt langen katholischen Trauergeistlichen verabschiedet. Die Hoffnung gilt der dereinstigen Wiederkehr.

☧

Im überarbeiteten Friedhof Lasern wurde der aus der Düsseldorfer Gegend stammende Mauererpolier Herr Th. W. Schüssler, ein Mann von erst 72 Jahren, bei einer vormittäglichen Beerdigung beigesetzt. Mit ihm ging ein Mann von erst 72 Jahren in die Ewigkeit ein. Geleitet von Primiziant (jetzt Kooperator) Liesl wurde Th. W. Schüssler nun zur ersehnten Grabesruhe gebracht. Ein schmerzliches Grablied sang der Kirchenchor. Alois Sägerer als Nestor und Chorregent bewies wieder einmal die Leistungsfähigkeit seines Kirchenchors am offenen Grabe.

☧

Mitten aus dem Leben gerissen wurde im 77. Lebensjahr stehend der einstige Zollobersekretär Herr Dr. Josef Wegscheid i. R. vom Herrn mitten aus dem hiesigen Leben entrissen. Er wurde abberufen in Dünklingen und bestattet durch Pfarrer Otto von Herz Marien. Kränze wurden am offenen Grabe niedergelegt durch Freiherr August von Knesebeck, von dem Zollverein sowie durch Herr Giesiebl namens des Pensionistenverbands Dünklingen-Weizentrudingen. Herr Wegscheid, der hier lange beim Zollamt eingesetzt gewesen ist, ist ein vornehmer und maßvoller Charakter gewesen und ein ausgezeichneter Beamter. Ein gemischter Chor hatte die Trauerfeierlichkeiten in der Aussegnungshalle mit dem zuletzt selten gehörten Liede »Selig sind die Toten« von Helfrich eingeleitet.

☧

Der Dünklinger Strafanstaltshauptwachtmeister in Ruhe Herr Joggerl Glotz durfte in der hiesigen Welt nur das Alter von 66 Jahren erlangen. Dann ging er in den ewigen Frieden ein und wurde auf dem oberen katholischen Friedhof zur Ruhe gelegt. Bei schöner Witterung gab ihm Kaplan Schönsteiner von Herz

Marien, wo derzeit renoviert wird, das kirchlich-christliche Grabgeleite und widmete dem Dahingegangenen das allgemeine Fürbittgebet und den Segen der katholischen Kirche, besonders aber die Gnaden der Karwoche. Eine große Trauerfeier nahm regen Anteil an dem Begräbnis, darunter auch Fahnenabordnungen des Heimkehrerbands, des BdK und des Bayerischen Roten Kreuzes, die alle drei Glotz verpflichtet sind. Ein jeweiliger Kranz war das äußere Sinnbild innerer Verbundenheit. Vielfach allerdings stand die Frage im Raum, warum es gerade in jüngster Zeit so häufig zu beobachten ist, daß es Frauen oft vergönnt ist, das 80. Lebensjahr zu überschreiten, währenddessen Männer oft schon vor dem siebten Lebensjahrzehnt dahinscheiden müssen. Insgesamt scheinen in Sonderheit im Dünklinger Raum die Frauen um rund acht Jahre älter zu werden als ihre oder andere Männer. Gesprächsweise ist zu erfahren, daß auch die hiesige Geistlichkeit dafür keine weitere Erklärung hat, auch wenn z. B. die katholische Kirche den Frauen Gnadenwirkung zuschreibt.

☧

Nach einem tragischen Todesfall, wobei der Verstorbene über eine Brücke in einen unbekannten Bach stürzte, wurde gestern der Ökonom Herr Heinrich Hohl aus Pfingstlarn, wo er zeitweise ständig lebte, im katholischen Friedhof bestattet. Er erreichte nur 51 Jahre. Die kirchliche Einsegnung leistete der eigens angereiste Pfarrer Uli Moses aus Hohls Heimatpfarrei. Der Geistliche gab an, daß es wahrscheinlich Hohls letzter Wille gewesen sei, im katholischen oberen Friedhof bestattet werden zu wollen, wenn ihm einmal was passieren sollte. Dies sei nun eingetroffen, ergänzte der Geistliche. Nach dem Fürbittgebet um alsbaldige Seelenläuterung trug man die sterbliche Hülle Herrn Hohls an ein neues, eigens angelegtes offenes Grab und überantwortete ihn der Mutter Erde. Pfarrer Moses tröstete die weinende Bäuerin und auch deren zahlreiche Söhne und Töchter. Sie müssen es jetzt alleine weitermachen und den Hof führen, dem der Vater geraubt.

☧

Die irdische Wanderschaft des ehemaligen Bundesbahngehilfen Herr Ralph Spatz wurde vom Herrn über Leben und Tod im 69. Jahre abgeschlossen. Auf dem Friedhofe ruht er nun und wurde sein sterblicher Leib dem Staube anheim- und wieder zurückgegeben. Der relativ neu in Dünklingen amtierende Kaplan Heribert Fassl von der Hauspfarrei Spatzens hatte die kirchliche Trauerleitung übernommen und betete mit der sehr ansehnlich großen Zahl der Begräbnisteilnehmer für eine baldige Läuterung der von Haus auf unruhigen Seele des Verstorbenen. Die Bundesbahndirektion Dünklingen ließ durch einen Herrn einen Kranz am Grabe des nunmehr heimgegangenen Mannes niederlegen. Nemo ante obitum beatus.

☧

Vom Herrn über das Zeitliche und über das Überzeitliche wurde in ihrem 82. Lebensjahre die aus Willenberg bei Crailsstadt abstammende seit 1943 im Mühlviertel ansässig gewesene Maschinenmeisterswitwe und Gemeindehelferin von St. Johann Frau Margaretha Maria Manndl in ihre ewige Heimat abberufen. Ihre Beerdigung im ev. Zentralfriedhof, die Kirchenrat Senior Wüst abhielt, gestaltete sich zu einer Trauerkundgebung für die fromme gottverbundene Frau, die viel für die Kirchengemeinde St. Johann geleistet hatte und in dieser Personalunion auch als hohe Rotkreuzpersönlichkeit mit der Familie des Pfarrherrn engst verbunden war. Kirchenrat Senior Wüst wählte für seine Traueransprache ein für diese treue Frau gut passendes Wort aus dem 101. Psalm: »Meine Augen sehen nach den Treuen im Lande, daß sie bei mir wohnen«. Kirchenrat Senior Wüst nannte Margaretha Maria Manndl aufgrund ihrer Stetigkeit einen Segen und eine Wohltat für die gesamte Gemeinde und die Christenheit und dankte ihr sogleich für die Verbundenheit mit seiner Familie, in der sie bei jedem wöchentlichen Besuch im Haushalt zugepackt hatte und für ihre tätige Mithilfe im Mütter- und Bibelkreis. Aus dem Lebenslauf wurde bekanntgegeben, daß sie 1924 geheiratet hat und später Mutter von vier Kindern war, von denen zwei der Mutter schon im Grab vorausgegangen sind. 1930 kam sie durch Versetzung ihres Mannes Hans über Seelburg nach Dünklingen. 1945 verstarb der Mann bei der Landesverteidigung. Der Pflegerkreis der Kirchengemeinde widmete der treuen Gemeindehelferin einen eigenen Kranz. Die Trauerfeier war mit Kirchenliedern hervorragend eingebettet. Erneut aber fragt man sich, warum gerade in letzter Zeit immer wieder Frauen die magische Achtzigergrenze so oft überschreiten, Männer weitgehend darunterbleiben.

☧

Eiserner Wille war es, der den jetzt mit 76 Jahren verstorbenen pensionierten technischen Landpolizeioberinspektor Herrn Albert Oskar Feil, der jüngst in einem langen Trauerzuge im oberen katholischen Friedhofsacker, dem sich auch eine größere Abordnung von der Landpolizeidirektion anschloß, ehe er zu Grabe geleitet wurde und von Stadtpfarrer Durst in den ewigen Schlaf gesegnet wurde, zeitlebens hochgehalten hatte, so wie auch Durst, den Angehörigen herzliches Beileid entbietend zum Verlust des guten Mannes, unterstrich. Dem bei der neulichen Spiritus-Ausstellung sanft Verewigten wurden nach Nachrufen, die von dem verstorbenen Oskar Albert Feil als von einem tüchtigen Beamten und sehr guten Kameraden sprachen, Kränze gewidmet von Oberbaurat Wimmer im Namen der Dünklinger Direktion sowie von Oberamtmann Kümmel II in dem der ehemaligen Kollegen vom Maschinen-technischen Büro, die ihn sehr geschätzt haben, gespendet. Ein weiterer Kranz wurde im stillen Einvernehmen mit der Gewerkschaft der Landesbeamten und Beamtenanwärter niedergelegt.

☧

Die aus Ursulapoppenricht hervorstammende pensionierte Witwe Frau Aloisia Wopperer, geborene Sack, brachte es in diesem Leben unerwartet nur auf 67 Jahre. Zugrabegetragen im evangelischen Hauptfriedhof und zugrabegelassen von Pfarrer Wegener wurde sie in einem langen Trauerzuge, dem sich auch Oberamtmann Wolf, der einstige Vorgesetzte der Wopperer, eingegliedert hatte, eingesegnet und mit einem Fürbittgebet verabschiedet. Oberamtmann Wolf, der i. V. von Landrat Schutzbier kam, hielt eine Rede der Zielrichtung, daß Aloisia Wopperers Laufbahn nach 1920 begonnen habe und daß sie sich immer sehr gut bewährt habe. Ein dritter Kranz wurde im Namen der ehemaligen Kollegen niedergelegt, bei denen Aloisia Wopperer allgemein geachtet und beliebt war. Sie war als guter Unterhalter geschätzt.

℞

Im Alter von weit über 72 Jahre wurde die aus Magdeburg-Brandenburg kommende Oberpflegerwitwe heimgeführt und eingebahrt. Auf dem oberen katholischen Friedhof fand sie durch den vom Kooperator zum Pfarrer aufgewerteten Ewald Felkl-Schränker ihre irdische Erfüllung. Durch eine Fahne des hierorts ansässigen Müttervereins wurde der Trauerzug eingeleitet. Ihm folgten viele Männer und Frauen, die die Verstorbene gekannt hatten.

℞

Es war eine umfangreiche Friedhofsgemeinde, die in der verwichenen Woche dem aus Seelburg herüberversetzten Herrn Kurt Seelburg im Zentralfriedhof den Abschied abstattete. Er war mit 75 verstorben, versehen von Pfarrer Heil aus Seelburg. Der verstorbene Rentner und vormalige Tankstellenbesitzer wurde zu Grabe geleitet und sagte dem Leben Ade. Kooperator Liesl vollzog die Einsegnung des Kurt Seelburger, der ein stattlicher, zurückhaltender und dem Sporte zugewandter Mann gewesen sei. Er war in der ganzen Welt geliebt und geachtet. Der Psalm Nr. 23 galt dem festen Glauben: »Gott ist mein Hirt, mir wird nichts mangeln!«

☧

Im Gnadenalter von 102 Jahren verschied, wie erst jetzt bekannt wurde, im nahen Harburg der hochbetagte Freiherr August von Knesebeck aus der Linie Öttingen-Wallerstein. Zwar wurde er in einer eigenen Familiengruft beigesetzt, doch war es der Dünklinger Stadtpfarrer Herbert Durst, welcher die Zeremonie im Auftrag des fürstlichen Geschlechts vornahm. Durst berichtete uns gegenüber von einer Veranstaltung in kleinem Familienrahmen sowie davon, daß v. Knesebeck bis zuletzt noch die Zeitung aufmerksam gelesen habe. Er war ein entfernter Abkömmling derer von Knesebeck und stammte aus dem Schneegebirge. Sein persönlicher geistlicher Berater, der zu Harburg amtierende Pater Guardian Inzelsberger von den Cecilia-Benediktinern bei Göttweinstein, war am Tage vorher selber gestorben. Durst gab an, der Schloßverwalter Direktor Knoll habe den großen Toten als einen Mann der Zukunft gewürdigt, der vor allem im Bereich der Nächstenliebe Akzente hinterlassen habe. Im gleichen Sinne hätten sich der Personalrat und die Belegschaft sowie Hofrat Rümelin ausgesprochen, berichtete Durst. 102 Jahre wurde zuletzt im hiesigen Bereich 1961 die Köchin Frau Karolina Zistl, geborene Adlhoch, aus Altigelheim, nahe Harburg. Der Geistliche, Herr Bleibtreu, stellte seinerzeit seinen Nachruf unter das Schriftwort: »Wenn das Weizenkorn nicht in die Erde kommt und stirbt, bleibt es allein. Stirbt es aber, so bringt es hundertfältige Frucht«. Dieses Wort könnte man heute auch auf A. v. Knesebeck anwenden. »Arbeit und Gebet« war, wie die Zistls, auch seine stete Devise gewesen.

☧

61 Jahre wäre Herr Siegmund Landsherr übernächste Woche geworden, hätte ihn nicht der Herr kurz vor Erreichung dieses Ziels jetzt noch heim in sein Reich geholt. Sein sterblicher Leib kam auf dem unteren katholischen Friedhof zur Ruhe. Pfarrer Felkl-Schränker, sein guter Freund, der ihn auf dem letzten schwersten Weg begleitete, gab ihm dies Pauluswort mit auf die Bahn: »Gesät wird in Verwesung, auferstanden in Herrlichkeit«. Bei diesem Gedanken möge man sich beruhigen. Am Grabe wurden zum Teil von hier Unbekannten Kränze niedergelegt. Eigentlich hatte der Tote neben seinem Lieblingskirchlein Maria Schnee bestattet sein wollen. Allein, Rückfragen beim Pfarramt ergaben, daß solche Ausnahmen vom Konkordat nicht gestattet seien. Außerdem hat Maria Schnee keinen zugehörigen Friedhof.

☧

Der Bäckermeister Herr Johann David Schottensprenger von hier gab seine Seele im fortgeschrittenen Alter in die immerwährende Schöpferhand Gottes zurück. Sein sterblicher Leib wurde im Waldfriedhof der Erde zurückerstattet, aus der er früher kam. Die beinahe schon unübersehbare Trauergemeinde wohnte dem Begräbnis teil, das von Kaplan S. Springinsfelder voll zur allseitigen Zufriedenheit geleitet wurde. Dieser Geistliche widmete dem kürzlich Heimgegangenen ein Fürbittgebet und im Anschluß daran den Segen der Mutter Kirche. Namens der Bäckerinnung und der Einkaufsgenossenschaft Minusgruppe wurde als letzter Gruß und irdischer Dank für den Senior der Innung und Besitzer des goldenen Meisterbriefs ein Kranz niedergelegt, ihm folgten bald weitere. Das Banner der Marianischen Männerkongregation, getragen von den Brüdern Iberer und Herrn Stauber, flatterte feierlich im Winde und senkte sich sodann zum allerletzten Gruße über das schon offene Grab. Der Präses Expositus Ostertag von der nahen Expositur Barbara-Bergsteig gedachte ehrend des einstigen Soldaten, der schon als 14jähriger der Kongregation und dann erst der Wehrmacht beitrat. Er empfahl dem Verstorbenen die Fürbitte der Gottesmutter Maria für seine nun auf ihn zukommende neue Heimat im All.

☧

Frau Anni Dreier hieß die Rentnersgattin, die nun auf dem evangelischen Friedhof von Dünklingen ihren letzten Ruheplatz im Hier fand. Im Alter von 77 Lebensjahren war ihre Seele jüngst von Gott zurückgefordert worden. Pfarrer Schlauch von der Hauptkirche unterlegte seiner erinnernden Ansprache ein Christuswort aus dem 11. Kapitel des Johannesevangeliums: »Ich bin die Auferstehung und das Leben, wer an mich glaubt, der wird leben, und ob er gleich stürbe«. Herr Andräensberger teilte mit, daß die Selige ihrem gottesfürchtigen Leben mit dem Empfang der heiligen Sterbesakramente die unverwechselbare Krone aufgesetzt habe, die sie in vollem Bewußtsein noch empfangen hat.

☧

Bei scharfem Ostwind war es, daß der hiesige Bäckermeister Herr Adalbert Schottenlohe, dem von Gott Sebaoth im hiesigen Leben gerade 80 Lebensjahre zugeteilt waren, im Ev. Friedhof der Erde zurückerstattet wurde. Er handelte zeitlebens auch mit Wachs und war auch hierbei den beiden Amtskirchen dankbar verbunden. Nun ging er, der aus der Steiermark stammte, nicht ohne Sakramente ins Jenseits hinüber. Im Waldfriedhof ward ihm, dem in Mürzzuschlag Gebürtigen, das Grab bereitet. Ein hierorts nicht weiter bekannter Geistlicher sprach in der Trauerrede inmitten der weitläufigen, jetzt umgebauten Aussegnungshalle in eindrucksvollen Worten über die Tageslosung »Der Herr ist gerecht und hat Gerechtigkeit« lieb. Der Heimgegangene, so wurde vom geistlichen Würdenträger dessen Lebenslauf geschildert, ist der Sohn eines berühmten Hopfenhändlers gewesen und als Offizier der k. u. k. österreichischen Armee Teilnehmer am ersten der beiden furchtbaren Kriege gewesen. Nachher betätigte er sich im Berufe des Vaters, den er bald zur Ruhe geleitete. Dann wurde es ernst. 1938 begann für ihn und seine Gattin eine dunkle Zeit. Sie mußten alle die Heimat verlassen, kamen kaum zurande und wanderten nach Südfrankreich aus, wo seine dunkeläugige Frau starb, mit der er eine recht glückliche Ehe geführt hatte. Die letzten Jahre vor Kriegsschluß hatte der soeben Heimgegangene in Wales (England) absolviert und die englische Sprache zu beherrschen gelernt. Postwendend kam er nach Hannover zurück, lebte später als Abteilungsleiter in München-Sendling und genoß in Dünklingen seinen Lebensherbst, hier im Rotkreuzheim. Der erwähnte Geistliche würdigte den Verstorbenen als einen gediegenen Mann, der viele gute Freunde im In- und Ausland gehabt hatte. Herr Giesiebl widmete einen Kranz.

☧

Die ehrwürdige Pensionistin Frau Marieluise Hubmann, geborene Huber, wurde inmitten ihres 74. Lebensjahres von Gott abberufen. Sie stammte aus Nürnberg-Erlenstegen, wohnte dort jahrelang direkt am grünen Ufer der Pegnitz. Nun ruht sie. Auf dem unteren katholischen Gottesacker, wo Kaplan Zwirn sie zur Ruhe bettete, ruht sie nun. Der Geistliche sprach aus der Verheißung des Herrn herrliche Worte und spendete so großen Trost.

☧

Noch vor wenigen Tagen hatte er selber hintereinander zwei große Beerdigungen geleitet und mit seiner Rednerkraft verschönt. Jetzt, plötzlich und verblüffend rasch, ereilte es ihn selber. Auf dem Katholischen Zentralfriedhof ruht seit gestern Kaplan Herbert Springinsfelder von St. Gangolf, zuletzt die rechte Hand seines obersten Dienstherrn Durst. Durst war es auch, der vor einer unübersehbar großen Trauergemeinde – zweifellos ein Rekord in den letzten zweieinhalb Jahren – die Bestattung selber übernommen hatte, dem geliebten Amtsbruder das Geleite in eine bessere Seligkeit zu erleichtern. Er, Springinsfelder, war erst 45 Jahre alt, als jetzt sein vergänglicher Leib der Erde Gottes zurückverliehen wurde (im »Pfarrers-Eckl« gleich links vom Eingangsportal). Eingefunden hatten sich auch Geistliche von anderen Kirchen (Zwirn, Felkl-Schränker, Mötschl, Wegener, Liesl) sowie von den Amtsbrüdern des lutherischen Glaubens. Unter diesen ergriff später auch Kirchenrat Senior Hansherbert Wüst das Wort. Er strich, bei gutem Anklang, besonders die Schriftworte heraus: »Meine Augen sehen stets zum Herrn«. Oberamtmann Enderlein von der Diözese Seelburg legte auftragsgemäß einen Kranz als letzten

Gruß seines verhinderten Weihbischofs Flügel nieder. In gleicher Weise verabschiedete sich der Pfarramtliche Hof, der Kirchengemeindebeirat und die Gewerkschaft. Untermalt wurde die hochstehende Feierlichkeit durch die um eine Musikkapelle verstärkte Chorvereinigung unter dem bewährten Dirigat von Chorregent Alois Sägerer. Zum Vortrag kamen u. a. die von Springinsfelder besonders geschätzte Melodie »Vergangen ist der lichte Tag, von fernher tönt der Glockenschlag« von Freiherr von Eichendorff sowie zwei Tonbänder aus der Jugendseelsorgerarbeit Springinsfelders bei der Dünklinger Rockpfarrjugend.

☧

Die Fabrikantenwitwe Frau Annemarie Hammer von der Firma Gußeisen-Müller war hier zu jeder Zeit als wohlhabende und weitherzige Frau bekannt. Jetzt gab sie, 81 Jahre alt, ihre unsterbliche Seele in die Hand Gottes, ihres Herrn, zurück. Ihre Leiche wurde reich geschmückt und bestickt auf dem Friedhof Lasern eingelassen. Geistlicher Rat Pfarrer Max Haderer übernahm die kirchlichkatholischen Anteile der Trauerfeierlichkeiten mit Gebet und Gnadensegen vor einer überdurchschnittlichen Trauergemeindezahl, die so ihre Wertschätzung für die nunmehrige Tote zum Ausdruck zu bringen versuchte, zumal Frau Hammer es trotz ihres gehobenen Lebensstandards eines nicht vergessen hat, die Liebe vor allem in Form von kirchendienlichen Spenden. Man spricht von Millionenbeträgen. Haderer meinte dazu treffend, daß ein Reicher doch in den Himmel einzugehen vermag, sofern seine Seele nicht im Irdenen Schaden leidet. Die Aussegnung wurde treffsicher umrahmt mit Musik.

☧

Im Alter von gleichfalls 81 Jahren verstarb der bekannte Koordinator a. D. Herr Franz Martin Kaffka aus Dünklingen, In der Brüh 7. Er wurde bei unverkennbarer Anteilnahme seitens der Bevölkerung im unteren Friedhof zur Ruhe gebeten. Ruhe in Frieden, so schien ihm das milde Vorfrühlingswetter zuzurufen. Kaplan Xaver Geiß, ein neues Gesicht in der hiesigen Geistlichenriege, für den verewigten

H. H. Springinsfelder engagiert, gab das kirchlich-zeremonielle Geleit bis zum offenen Grabe. Es folgten einige getragene Gesänge. Herr Vieh, ein Vertreter der Stadt Regensburg, legte am Grabe des Verstorbenen, welcher aus Bautsch stammte, ein Gebinde nieder. Kaffkas Frau lebt längst nicht mehr.

☧

Um ein Geringes, so hätte heuer der aus Dünklingen stammende Stadtkämmerer Herr Ludwig Fleischerl, im Volksmund der Fleischer-Luggerl genannt, wenn ihn nicht der Herr über Leben und Tod vorzeitig abberufen hätte, mit seiner Gattin zusammen, die er 1932 in Bellinzona kennengelernt hat, das Goldene Hochzeitsjubiläum erreichen können. Aus der aufklingenden Vorfreude über das seltene Fest wurde aber nun tiefe Trauer und Zerknirschung für die Frau und die Tochter Karin, die 1963 geheiratet hat, ihren Mann aber in den Wirren des Vietnamkrieg verlor. Im unteren katholischen Friedhof mußten beide an einem offenen Grabe stehen und mit ihnen allzu viele, die den »Fleischer-Luggerl« noch

als Kollegen oder Freunde geliebt und ge-
schätzt hatten und nun unverhältnismäßig zei-
tig ihren Abschiedsschmerz in Kranzform ent-
bieten mußten. Pater Wigbert von den Laser-
ner Dominikanern vollzog die kirchliche Kon-
sekration dieses Mannes, dessen Leben, wie
der Geistliche erzählte, geprägt war von der
Tüchtigkeit im Berufsleben und einem kerni-
gen gesunden Glauben und dessen Wesen
freundlich geschätzt war und der deshalb
allerorts angesehen, geliebt und weithin ge-
schätzt war. Pater Wigbert in seiner Eigen-
schaft als geistlicher Würdenträger entbot als
alter »Riederer« den Anstehenden herzliches
Beileid verbunden mit kirchlichem Trost.
Kämmerer Diesel, der Nachfolger Fleischerls
im Amte, legte am offenen Grab Amtmanns
Fleischerl in Würdigung treugeleisteter Dien-
ste ohne jede Verfehlung über fast vier Jahr-
zehnte hinweg einen Kranz zu Boden und
verneigte sich.

☧

Unverrichteter Dinge mußte Adolf Hagel neu-
lich von einer Urlaubsreise mit seiner Frau

nach Mallorca wieder heimkehren, nachdem diese Frau, die rheinisch stämmige Frau Marie Hagel schon am Frankfurter Flughafen einem heimtückischen Herzleiden erlegen war. Die geborene Söhnchen, abberufen vom Herrn der Ewigkeit, fand nun im Zentralfriedhof Dünklingen ihre stille Ruhe. Ein Ehrensalut des Kriegervereins und dreier weißer Mädchen galt ebenso dem Witwer wie der Toten. Kaplan Zwirn hatte die Aussegnung samt einem Fürbittgebet übernommen. Mit der Weise vom guten Kameraden als Gruß treulich Teilnehmender klang es aus.

☧

Noch vor Erreichung der Taufe und der Namengebung verstarb mit zwei Tagen das Götzendorfer Kind Hufnagel. Obwohl noch nicht der Gnade teilhaftig, wurde es im Sinne der Begierdetaufe gemäß päpstlichem Dekret von einem hiesigen katholischen Geistlichen in einem der Kindergräber untergebracht.

☧

Eine zahlenmäßig sehr starke Trauerversammlung, darunter auch Schwestern des evangelischen Altersstifts in Weizentrudingen, nahm im evangelischen Friedhof Abschied von einer lieben Hausgenossin, dem aus einer ansehnlichen Kaufmannsfamilie entsprungenen Fräulein Berta von Ramsau. Pfarrer Mötschl hielt die kirchliche Einsegnung der Verstorbenen, die Gott in Ehrfurcht und ihren Angehörigen in Liebe ergeben war und die jetzt wie ihre Vorfahren in die große marmorne Familiengaststätte einkehrt. Sie war ein praktischer Mensch, der in seinem Leben alle gestellten Aufgaben erfüllt hat.

☧

Im ergrünenden Gottesacker folgte ein langer Trauerzug, darunter auch Oberforstdirektor Edler von Zwick und Dr. Dr. Wieser, jenem Sarge, in dem der aus Amberg gebürtige, vor seiner Pensionierung zuletzt in Kirchensittenbach bedienstete fürstliche Förster Herr Maximilian Spitz zum offenen Grabe geleitet wurde. Den annähernd 91jährigen segnete Kooperator Schönsteiner, soeben von einer

Israelreise zurückgekehrt, ein. Von einer Traueransprache wurde wunschgemäß im Sinne des Schmerzes Abstand genommen. Edler von Zwick verwahrte sich aber in einer knappen Rede gegenüber den Verdächten, die in jüngerer Zeit hinsichtlich von Spitz und gegenüber dem fürstlichen Hause öffentlich geworden waren. Natürlich sei daran kein Wort wahr. Förster Spitz hatte seine letzten Lebensjahre im Bürgerstift St. Michael in der Weißenburger Straße hinter sich gebracht, ehe ihn jetzt die eiseskalte Hand des Todes griff. In das geöffnete Grab wurde im Namen der fürstlichen Dämonenkammer als Anerkennung für mancherlei Dienste ein Kranz angebracht.

☧

Als einen ganz hervorragenden, zuverlässigen und weichherzigen Menschen und Mitarbeiter deklarierten der geschäftsführende Vorstand Direktor Erich Rembrenger-Deng von der Heureka-Einkaufsgenossenschaft und sein Stellvertreter Moppel am offenen Grabe von Herrn Albert Wurm diesen, der ganz unvorhersehbar 56½jährig verschieden ist. Ein

Abszeß war ihm zum Verderbnis geworden (Blutvergiftung). Aber nicht nur als Mitarbeiter der derzeitigen Geschäftsleitung hat sich Albert Wurm, der Verstorbene, hervorragend bewährt, sondern auch als selbstloser Freund. Am Grabe vereinte sich gestern eine beachtliche Trauergemeinde, vor allem Mitarbeiter des früheren Langamselwerks, jetzt Heureka, unter ihnen Landrat Schutzbier, Bürgermeister Göth und Wurms Kartenfreunde Bäck, Kuddernatsch und Freudenhammer. Felkl-Schränker, der Kaplan von St. Gangolf, tröstete, im Zuge der Einsegnung, alle mit den Worten, daß es nicht von Bedeutung sei, daß ein Mensch verhältnismäßig jung von den Seinen Abschied nehme, sondern allein entscheidend sei es, daß ein so wertvoller und getreuer Mensch überhaupt den Seinen gegeben worden ist, ihnen gehört hat und auch weiter gehört, auch wenn er nun scheinbar gestorben ist.

☧

In der hiesigen Welt waren dem Rentner Herrn Ludwig A d a l b e r t genau 68 Jahre vorbehalten. Darauf rief ihn der Herr in ein besseres Jenseits. Kaplan Springinsfelder von der Pfarrei und eine durchaus ansehnliche Trauerversammlung geleiteten ihn auf seinem letzten schwersten Gang. Darunter waren auch ehemalige Kollegen von MAN. Im oberen katholischen Friedhofe wurde er nun zu Grabe gelassen. Ludwig Adalbert soll ein ruhiger, verschlossener Mensch, aber gutwillig gewesen sein.

☧

69 Jahre dagegen durfte der Stadtgehilfe a. D. Herr Karlheinz Metz auf Erden verbringen. Auf dem jetzt wieder gefrorenen Friedhof wurde er mit großer Anteilnahme beigesetzt. Die Einsegnung hielt Pfarrer Durst, sein Freund. Der Geistliche würdigte die intensive Arbeitskraft des nunmehr verstorbenen edlen Mannes und Dieners der Stadt Dünklingen sowie auch der Pfarrgemeinde, wo Metz zuletzt noch behelfsweise tätig gewesen ist, und wies darauf hin, daß Metz sich auch seitens des Werkvolks nicht geringe Verdienste zuteil habe werden lassen. Gut waren seine Verbin-

dungen auch zur Druckerei der Zeitung, wo Metz, ohne direkt dort beschäftigt zu sein, jahrelang immer wieder gern vorbeigeschaut habe. Namens der Stadt, der Güterabfertigung und der Gewerkschaft Nahrung und Genuß wurden Kränze beigebracht. Sie lagern nun am Grab von Metz.

☧

Richtigstellung. Ein Druckfehler unterlief bei unserer vorletzten Berichterstattung. Nicht der unlängst erst verstorbene Kaplan Springinsfelder natürlich war es, der die Beerdigungssache Adalbert leitete. Sondern durch einen Hörfehler sollte es eigentlich Max Haderer heißen. Wir bitten um Nachsicht.

☧

Im Alter von 83 Jahren verschied die Witwe eines Schneidermeisters Witwe Frau Wally Beierlein. Sie wurde auf dem unteren katholischen Gottesacker neben ihrem lieben Vorverstorbenen beigesetzt. Der zufällig durchreisende Kaplan Edi Schaffer von Gölling bei Seelburg übernahm die Amtshandlung, gab der Frau das Geleit und richtete einige Worte des Trosts an die umstehenden Menschen. Witwe Wally Beyerlein hatte sich der Gunst vieler Einheimischer sicher gewußt.

☧

Nicht schlecht staunten dieser Tage die Einwohner Dünklingens, als Pfarrer Durst im Zentralfriedhof die bereits mit 40 Jahren heimgegangene Frau Rat Emmy Spitta zur letzten Ruhe begleitete. Eingefunden hatte sich auch der Bruder Harald, eine größere Gruppe von Angehörigen und eine Abordnung verschiedener gesellschaftlicher Gruppen. Durst verwies am offenen Grabe auf das Bibelwort, das da lautete, derjenige habe das Leben, der an ihn glaube und dabei selig werde.

☧

Kurz hintereinander verstarben die langjährigen Eheleute Therese und Hans Ehrl im 83. bzw. 85. Lebensjahre. Große menschliche

Anteilnahme prägte entsprechend das Doppelbegräbnis auf dem Zentralfriedhof. Pfarrer Durst stellte seinen ausgezeichneten Nachruf unter das gültige Schriftwort: »Wo du hingehst, da will auch ich hingehen; wo du bleibst, da bleibe auch ich; wo du stirbst, da sterbe auch ich«. In seltener Weise hat sich dieses Wort bei den verstorbenen Eheleuten erfüllt, meinte Pfarrer Durst in seinem Nachruf voll zu Recht. Der aus Lixenried stammende Hans Ehrl war in den USA als Schaffner und später als Soldat tätig gewesen. 1937 kehrte er zurück, arbeitete in der Asbest-Fabrik und sie bauten sich ohne Säumnis das Haus am Eisbergweg. Überall waren sie als freundliche und liebenswürdige Menschen geschätzt.

☧

Im Waldfriedhof, wo jetzt bald alles grünt und blüht, fand der Wachmann Herr Karl Killermann seine Ruhestätte, ein Grab. Der ehemalige »Postler«, ein gelernter Zimmermann, war im Alter von erst 59 hinübergegangen. Sohn, Mutter, Frau und Schwiegerleute des Verstorbenen nahmen Abschied von einem

Mann, dem Gott zwar nur die kurze Frist von 69 Jahren zugemessen hat, ihn aber jetzt schon für reif befunden hat für seine Ewigkeit. Ähnlich äußerte sich auch der Geistliche. Killermann soll zeitweise Protestant gewesen sein. Nach dem Konsekrationsakt begaben sich die Dauergäste noch zu einem Umtrunk in die Gaststätte »Zum Seemann«.

☧

Fast gleichzeitig folgte im unteren kath. Friedhof ein langer Umzug von Trauernden, darunter auch Angehörige der gräflichen Gutsverwaltungen Leonstetten, dem Sarge, in dem ein Mann aufgebahrt lag, bei dem es sich, gehoben in höhere Sphären und Erdenbanden schon entrafft, um den im 71. Lebensjahre verstorbenen Gutsverwalter Herr Theodor Winkelmann handelte, bereit zur Ewigkeit. Kirchlicherseits amtierte Kaplan Liesl, der am gleichen Tage 38 Jahre alt wurde, wozu wir dem beliebten und versierten Geistlichen herzlich gratulieren, auch im Namen seiner »Pfadfinder«. Alles Gute und weiterhin gut Blatt!

☧

»O Tod, wie bitter bist du!« rief Stadtpfarrer Horst Wegener (Jesus Sirach Kap. 41) jenen Angehörigen zu, die im unteren katholischen Friedhof den aus Nickelshammer stammenden, nunmehr im erst 64. Lebensjahre verstorbenen Landwirt Herrn Johann Unruh unter den getragenen Weisen von Chorregent Sägerer A. in einem langen Trauerzuge zu Grabe geleiteten und zur ewigen Grabesruhe einsegneten und er fuhr fort mit den Worten der Schrift: »Ihr habt nun Traurigkeit«. Dem schloß sich späterhin aber das Wort an: »Ihr sollt alle getröstet werden.« Der Pfarrer kam sodann auf Johann Weigl zu sprechen als von einem gottesfürchtigen Manne und befriedigendem Staatsbürger, der durch die Kriegseinwirkungen viel durchgemacht hatte. Er hat sein linkes Augenlicht und seinen früheren Beruf beim Erkenntnis-Senat sowie seine teure Heimat verloren. Mit der Gattin Birgit betrauern zwei Söhne und weitere nahe Angehörige den allzu frühen, vorzeitigen Heimgang des Mannes, Vaters und Großvaters. Der Freunde Treuegruß gilt einem prachtvollen Kameraden. Kränze wurden am offenen Grab niedergelegt durch Herrn Sittner von der Heimattruppe und der Landsmannschaft aus Unruhs einstigem ursprünglichen Wirkungskreis, dem kämpferischen Sudetenland, das ihn gezeugt hat. Mit der Weise »Wer hat dich, du schöner Wald, aufgebaut« klang Riedls Heimführung überzeugend aus.

☧

In jüngerer Zeit häufen sich wieder die Fälle, daß auffallend mehr Männer sterben als Frauen. Im 55. irdischen Jahr verstarb jetzt der aus Ödputzberg Kreis Ödgötzenricht gebürtige Landespfleger Herr Alphonse Bauernfeind. Er wurde im Zentralhauptfriedhof eingebettet. Kirchenglocken begleiteten den Abschiedszug.

☧

In des Sargesdunkels nächtiger Hülle ruht seit kurzem, die Finger sanft gekrümmt, der im 75. Lebensjahr aus dem Dünenschutt der diesseitigen Stunden hinübergegangene, aus Offenbach hervorgegangene, jedoch schon in seiner Kindheit in Dünklingen ansässig gewesene

Steuerberater Herr Rudolf Rübezahl, das tragische Hauptopfer eines Verkehrsunfalls in der großen Kurve vor Weizentrudingen. Rübezahl war hier aufs Gymnasium gegangen, hatte hochgelobt absolviert und war nach Eichstätt zum Studium gezogen. Der Neigung Stimme hatte 1940 gesprochen, als er seine längst verblichene Frau Walli in Seelburg kennengelernt hatte, um mit ihr zwei Kinder zu gewinnen. Im evangelischen Friedhof gab er nun, eingesegnet durch Pfarrer Wegener und verabschiedet von einer vielfach auch auswärtigen Trauergemeinde, darunter eine Fahnenabordnung der Regensburger Turnerschaft, sowie zahllose Freunde des jäh Verblichenen, seine unsterbliche Seele Gott zurück und fand eine Ruhestatt im diesseitigen Dünklingen. In der Aussegnungshalle hielt der Pfarrer Wegener eine kurze, aber recht eindrucksvolle Ansprache, die dem Leben und Wirken dieses Mannes vollkommen gerecht wurde. Er unterlegte seiner Traueransprache Worte aus dem 130. Psalm. Am offenen Grab wurden nach gewünschten kurzen Gedenkworten mancherlei Kränze niedergelegt, als ein zu Rübezahl hinübergeschlungenes Band. Von Landgerichtsdirektor Dr. Hermann Hettner, der ihn vom ADAC her gekannt hat, von Direktor Rösselmann im Namen des Stadtverbands für Leibesübungen, von Vorstand Löbl, dem Rudolf Rübezahl in 40 Jahren treu verbunden ist, von Frau Schratt und von Abteilungsleiter Strobl für die Faltbootsektion des Fotoclubs, der Rudolf Rübezahl viele Jahre lang als Mitglied geschätzt hat, sowie im Auftrag der Kreishandwerkerschaft Offenbach nahe Frankfurt am Main.

☧

Ein wirklicher Charaktermensch verstarb verblüffend zeitig und unverhofft mit dem aus dem sudetendeutschen Braumühlbach entstammenden Zahlarzt Herrn Karl August, Dünklingen. Dieser Mann wurde im oberen katholischen Friedhof in einem von einer Fahnenabordnung der Ortsgruppe des sudetendeutschen Frontkämpferverbandes eröffneten außerordentlich langem und tief bewegten Trauerzug zum geöffneten Grabmal, dem sich unter anderem auch eine ansehnliche Abordnung der alten Sudetenverbindung »Cheruskavia« Franzensbad einverleibte, im Sarge zu seinem bereits offenen Grabe geleitet. Die Einsegnung hatte in Vertretung Pfarrer Schönsteiner übernommen von Herz Marien. Schönsteiner verwies auf das Wort des Predigers Salomo (Nr. 4), daß es oft gut sei, wenn man »des Übels nicht innewird, das unter der Sonne geschieht«. Von weiteren Trauerworten wurde auf allgemeinen Wunsch Abstand gehalten. Ein Sprecher der Sudeten, Eisner, deklarierte den unlängst an einem Leberleiden verstorbenen August als einen Mann, der in seiner alten Heimat den verschiedensten vaterländischen Gremien leitend angehört habe und der stets danach getrachtet hatte, deutsches und abendländisches Kulturgut zu erhalten sowie kulturelle Unterschiede wo nicht einzubetten so doch auszugleichen. Es wurde bei dieser Gelegenheit auch erwähnt, daß Karl August, jetzt mit 91 gestorben, auch zwei Weltkriege praktisch mitgemacht hat, daß er am Schluß des zweiten interniert worden ist und schwere Wirren mitgemacht hatte. Nach seiner Entlassung war er ohne jede nennenswerte Habe nach hierher gekommen, hatte es aber durch sein fachliches Wissen und mit geradezu unbeugsamem Können bald wieder zu etwas gebracht. Kranz und Mütze, die am Grab niedergelegt bzw. ins Grab gesenkt wurden, galten dem guten Kameraden, der ein begeisterter Waffenstudent gewesen ist. Herr Architekt Steininger, der im Namen des Reit- und Sprungvereins einen Kranz niederlegte, verabschiedete sich von dem begeisterten Reit- und Pferdefreund Karl August mit einem Horrido. Einen Kranz trug auch der zahnärztliche Bezirksverband bei.

☧

Viel zu früh, im Alter von 24 Jahren ward die aus Dünklingen stammende Boutiquenfrau Frau Ilona (»Magdeburg-Mitte«) Rippa ihrem Mann aus Californien durch den schnellen Tod (Unfall mit dem explodierten Auto) entrissen. Im unteren katholischen Friedhof fand sie, eingesegnet durch die Hand von Geistlicher Rat Felkl-Schränker und verabschiedet von ihrem Mann und einigen Beratern ihre letzte Rast. In einem kurzen Nachruf sprach der Geistliche von dem unvergänglichen Lohn, den all jene zu erwarten haben, die im Leben Gutes wirkten. Und so dürfe auch Ilona Rippa, im Leben von manchen unterschätzt, unter diejenigen gerechnet werden, für die das Wort des Herrn Gültigkeit erhebt: »Kommet alle zu mir, die ihr mühselig und beladen seid!«

☧

Im oberen katholischen Friedhof fand der Rentner Herr Friedhelm Asang mit 70 Jahren den Tod. Er wurde eingesegnet durch Kaplan Schmidt von St. Gangolf. Dieser verabschiedete sich von der kleinen Trauerversammlung mit dem Hinweis der Schrift, daß dieser letztendlich unerwartet Gestorbene, gut vorbereitet auf den Tod, vorschnell abberufen worden sei von jenem, der als Rentner über Leben und Tod allein die Macht ausübe im Diesseits und erst recht im Jenseits. Ein Blitz hatte Asang getötet. Ruhe sanft, guter Vater.

☧

Wieder einmal wurde im Unteren Katholischen Friedhofe ein Mann bestattet, der im 69. Lebensjahre befindliche vormalige Obermeister bei Siemens Herr Gotthold Stahlwig, der die 70 nicht mehr ganz erreichen durfte. Von seinen Angehörigen und mehrheitlich Freunden zu Grabe geleitet, hat man es hier mit einem Fall zu tun, daß alle, die ihn kannten, einen guten Menschen verloren haben. Erwähnt wurde in ehrenden Nachrufen, daß Stallwig bei BMW ausgelernt habe, um dann für immer zu Siemens-Dünklingen zu gehen. Diese Treue gelte es heute nachzuahmen. 1966 hatte Heinrich-Gotthold Stahlwig auch seine zweite Liebe Frau, 1926 bereits mit ihm bekannt, zum Altare geführt, das Fest der Vermählung mit ihm zu feiern. Krieg und Gefangennahme hatten den Mann zwar schwer hergenommen. Ihm wurden Kränze gewidmet, vor allem von Siemens und von einzelnen Teilen des Werks. Zu Recht faßte der Stadtpfarrer und Geistlicher Rat, Durst, in seiner Ansprache mit 1. Kor. 13 zusammen: »Wir sehen jetzt durch einen Spiegel in einem dunkelen Worte. Dann aber werd ich erkennen von Angesicht zu Angesichte. Nun aber bleiben Glaube, Hoffnung, Liebe, diese drei. Aber die Liebe ist die größeste unter ihnen . . .«

☧

Das Dünklinger Umland, die gesunde Luft des Riedinger Forsts (jetzt als Naturschutzgebiet ausgewiesen) ist bekannt dafür, daß die Leute oft 94, ja 98 Jahre alt werden. Nicht ganz war dies vom Herrn dem Kanzleisekretär i. R. Hagen Müller (Titti) gegönnt, der dieser Tage im Alter von 91 Jahren im Herrn dahinschied. Der Friedhof leuchtete in den zartesten Farben, als Pfarrer Durst Müller in die Ewigkeit überführte. Schon standen die ersten Vergißmeinnicht in Blüte.

☧

Im 78 Jahr verstarb die aus Prag stammende Frau Maria Quei. Sie war eine geborene Benet. Dieser Geistliche entnahm den Trost aus den Worten der Präfation: »Nun, wohlan, du gute, getreue Magd, weil du über weniges getreu gewesen bist, will ich dich über vieles setzen.«

☧

Nach einem Leben der Arbeit und in den letzten Jahren auch der zunehmenden Sorge verstarb die einer uralten Dünklinger Familie entsprossene Lina Hebeisen, geborene Sargler, aus der Silbereisenmühle mit 89,6 Jahren. Im evangelischen Gottesacker an der Friedrich-Nietzschke-Straße fand sie durch den ehemaligen Dünklinger Stadtpfarrer a. D. Drahtzieher die allerletzte Einkehr. Mit Wehmut gedachte Drahtzieher in seiner 4%5&67EH-qurR5 der unvermeidlichen Tatsache, daß das Leben der Toten auf dieser Welt keinen dauerhaften Bestand habe sowie der Verstorbenen, die er als eine vielfach verwendbare, stets ruhige Frau in Erinnerung habe. Gut sei ihm auch noch ihre goldgelbe Katze und ihre Schnürstiefelchen im Gedächtnis. Die Frage, wo Frau Hebeisen jetzt sei, konnte aber auch er nicht beantworten. Die Samariterwohlfahrt legte einen Kranz zu Füßen.

☧

Aus Dünklingen stammte die ehemalige Hebamme Frau Fränzi Meier, die das Alter von rüstigen 80 Jahren erreichen durfte. Nun ging sie in das bessere Jenseits hinüber und hoffte dort, ihren Lohn zu empfangen. Bei gutem Wetter wurde die sehr tapfere Frau beerdigt. Der Friedhof ist ihr nun Wohnung.

☧

In den besten 80er Jahren verwich in Butterfield (New York) der ausgewanderte Rentner Heiner Hartlieb und wurde sofort nach Dünklingen überführt. Dort fand, von seiner Frau Philma zu Grabe geleitet, er in Anwesenheit alter Verwandter und Gleichgesinnter eine letzte Ruhe. Der Geistliche tröstete alle in ihrem Abschiedsweh um den sehr lieben Vater und Mann von hohem Intellekt und gab dann auch Hartlieb das letzte Lebewohl.

☧

Im 84. Lebensjahr wurde die gebürtige Frau Kriegsdienst vom Herrn heimgeholt. Sie wurde im Zentralfriedhof von einem von der Fahne »Aurikel« entbotenen Trauerzuge zu Grabe geschickt. Stadtpfarrer Durst rief ihr das herzliche Beileid zu. Er entbot der Schwester sehr herzliche Teilnahme und wünschte ihr einen gleich ruhigen Tod.

☧

Im hiesigen Friedhofe wurde vor einiger Zeit die aus Fritzlar gebürtige und im Alter von gut und gern 87 Jahren abgeschiedene Frau Kaplan Karolyn Zwickel, geb. Durst, aus dem Mütterheim vor dem Hintergrund eines gut besuchten Trauerzugs und von Diözesansekretär Singer Erwin zur Grabeseinkehr geleitet. Immerhin konnte genannter Geistlicher den Angehörigen die vertrauliche Zuversicht mit auf den Weg geben, daß der christliche Glaube das Rätsel um den Sinn des Lebens zu lösen vermag. Herr Giesiebl war es dann, der einen Kranz supponierte. Karolyn Zwickel hatte einst verhältnismäßig glückliche Jahre mit ihrem gleichaltrigen Bruder verlebt, der heute schauen muß, was nun wird.

☧

In lieblicher Bläue war es kürzlich am St. Johannisfriedhof nahebei Dünklingen, wo Herr Fritz Scardanelli sich aus der Welt der Erscheinungen zurückzog. Mit ihm, dem immer Bereiten, starb jetzt ein Mann, der in der hiesigen Welt einiges gefördert hat.

☧

Die Zugeh- und Preiselbeerfrau Kuni verstarb, in die ewige Heimat abberufen, am Tage Maria Himmelfahrt. Der Waldfriedhof ist nun ihr Erdreich. Sie hat immer allen wohl getan. Der Schwester Fini, die zurückbleibt, unsere Anteilnahme.

☧

Nur vollkommene 53 Jahre waren dem Kaufherrn Max Hoppa zugemessen. Nun ging seine Hülle ein ins Reich. Seine Seele aber fand eine neue Heimat im Friedhof unterhalb der alten Gräber. Er stammte aus Bad Mädgenheim. Durst nahm in seiner Rede Bezug auf die Traurigkeit des Todes. Der Verstorbene hatte vier Kinder, die er nun hinterläßt. Herr Giesiebl bescherte einen Kranz. Durst gab etlichen Verwandten den Trost nach Brasilien mit, ein dereinstiges Wiedersehen liege im Bereich der Möglichkeiten. Es war auch eine Beat am Grabe.

☧

31 der hier paradierenden 120 Beerdigungs-Feuilletons finden sich schon wortgleich im Roman »Die Mätresse des Bischofs« von 1978. Etliche Leser äußerten mir gegenüber, sie seien derart süchtig nach den in die Romanhandlung eingestreuten Textchen geworden, daß es sie nach mehr verlange. Nicht zum erstenmal war der Leserwunsch mir Befehl. Zumal er sich mit meinen eigenen Interessen traf. Denn die »Mätressen«-Kleinepitaphe waren nur wiederum Auszug aus einer Sammlung, die ich 1968/69 angelegt hatte und die ich in ihrer Totalität auch schon immer mal gern gedruckt gesehen hätte.

Die Texte haben eine authentische Vorlage. Hier wie im Roman gehen die »Offenen Gräber« zurück auf die fast täglich publizierten Arbeiten eines Altjournalisten A. H. für die Regensburger »Mittelbayerische Zeitung« – im Roman heißen beide »Alois Freudenhammer« und »Dünklinger Volksblatt«. Die reale Kolumne, sehr wahrscheinlich ein Unikum in

Deutschland, existierte realiter bis ca. 1975. Ihre Beliebtheit bzw. Unentbehrlichkeit war so groß, daß die damals noch bestehende ortsansässige Konkurrenzzeitung, der tiefschwarze »Tagesanzeiger«, sie gleichfalls führen mußte: Weil aber das Blatt zu arm war, sich einen eigenen Beerdigungsreporter zu halten, wurden A. H.s Artefakte jeweils kopiert und dorthin geschickt, auf daß eine Redakteurskollegin sie etwas »umfeile« und dann in Satz gebe.
Ein guter Stern senkte mir 1968 ff. die Idee ins Herz, die Texte zu sammeln, z. T. in der Druckfassung, z. T. in ihrer noch unredigierten. Substantiell mußte ich dann fürs Buch wenig mehr ändern noch forcieren. A. H. war in seiner zierlichen Diktion und seiner zumeist intuitiv das Metaphysische streifenden Weltanschauung schon elend gut. Friede seiner schwerlich ganz sterblichen Asche. E. H.

ECKHARD HENSCHEID
IM HAFFMANS VERLAG

Roßmann, Roßmann...
Drei Kafka-Geschichten

Wie Max Horkheimer einmal sogar Adorno hereinlegte
Anekdoten über Fußball, Kritische Theorie, Hegel und Schach

Dolce Madonna Bionda
Roman

Literarischer Traum- und Wunschkalender auf das Jahr 1985
Flugblatt, vergriffen

Frau Killermann greift ein
Erzählungen und Bagatellen

Helmut Kohl
Biographie einer Jugend

Sudelblätter
Aufzeichnungen 1986–1987

TV-Zombies
Fernseh-Figuren, zusammen mit F. W. Bernstein

Standardsituationen
Ein Fußball-Drama

Außerdem regelmäßig im
Magazin für jede Art von Literatur
Der Rabe

F.W. BERNSTEIN IM HAFFMANS VERLAG

Lockruf der Liebe
Neue Gedichte

Bernsteins Buch der Zeichnerei
Ein lesenswertes Lebenswerk

Sternstunden eines Federhalters
Neues vom Zeichner Lebtag

TV-Zombies
Fernseh-Figuren, zusammen mit Eckhard Henscheid

Illustrationen zu:

Wie Max Horkheimer einmal sogar Adorno hereinlegte
Von Eckhard Henscheid

Unverhofftes Wiedersehen
Von Johann Peter Hebel

Was man zum Leben wissen muß
Von Michael Rutschky

Die Langeweile und der Krieg
Von Walter Serner

Galerie der kleinen Dinge
Von Heiner Boehncke & Klaus Bergmann (Hrsg.)

Außerdem regelmäßig in Wrt & Bld im Magazin für jede Art von Literatur
Der Rabe